ESTÓRIAS DE ALGUNS

ESTÓRIAS

DE ALGUNS

MAURO BRANDÃO

TEMPORADA

Diretor Editorial Gustavo Abreu
Diretor Administrativo Júnior Gaudereto
Diretor Financeiro Cláudio Macedo
Logística Daniel Abreu e Vinícius Santiago
Comunicação e Marketing Carol Pires
Assistente Editorial Matteos Moreno e Maria Eduarda Paixão
Designer Editorial Gustavo Zeferino e Luís Otávio Ferreira
Imagens de capa Pexels e Unsplash

Dados Internacionais de Catalogação na Publicação (CIP)
Bibliotecária Juliana da Silva Mauro - CRB6/3684

B817e Brandão, Mauro
Estórias de alguns / Mauro Brandão. - Belo Horizonte : Letramento, 2024.
142 p. ; 23 cm.

ISBN 978-65-5932-516-0

1. Imaginário popular. 2. Regionalismo brasileiro. 3. Tradição.
4. Mineiridade. 5. Memórias afetivas. I. Título.

CDU: 82-36(81)
CDD: 869.93

Índices para catálogo sistemático:
1. Literatura brasileira 82-3(81)
2. Literatura brasileira 869.93

LETRAMENTO EDITORA E LIVRARIA
Caixa Postal 3242 – CEP 30.130-972
r. José Maria Rosemburg, n. 75, b. Ouro Preto
CEP 31.340-080 – Belo Horizonte / MG
Telefone 31 3327-5771

É O SELO DE NOVOS AUTORES
DO GRUPO EDITORIAL LETRAMENTO

PREFÁCIO

Após nos brindar com quatro livros de ficção e um livro de poemas, chega às nossas mãos esta espetacular seleção de contos, escritos a partir da percepção sagaz de Mauro Brandão.

Uma das marcas do Mauro, um fio condutor durante toda a sua trajetória, é a incrível capacidade de conduzir o leitor para fora da zona de conforto, ora incomodando, ora sacando o seu humor peculiar, ora recorrendo à ironia, ora lançando mão da literatura fantástica para ser absurdo. Em todas estas nuances, ele sabia aonde queria chegar e carregava em si a certeza de que o destino jamais seria um lugar vão, mas um lugar de admoestação e aprendizado. Em cada texto, Mauro entregou a mensagem, deu o seu recado. Nas entrelinhas de cada conto, cada poema, nos traços sutis das personalidades descritas, preciosidades repletas de sentido que impactarão e levarão à reflexão o leitor mais atento.

Os contos contidos nesta obra transportarão o leitor para além do óbvio. No entanto, isto não torna os textos maçantes ou enfadonhos. Muito pelo contrário! Mesmo quando aborda temas de maior densidade, como o abuso sexual ou o abandono e ainda algumas faces obscuras da violência, o autor consegue ser leve ao trazer a mineiridade para dentro do texto, através das referências culinárias, a religiosidade do povo simples e uma lição de perdão e redenção muito comovente, como a que coroa o relato de Ifigênia.

Os leitores que já tiveram o privilégio de ter contato com as obras anteriores do Mauro Brandão terão a oportunidade de reencontrar aqui algumas personagens que já nos foram apresentadas. Porém, deslocadas dos romances e isoladas num conto, tais personagens ganham completude de significado.

Seja de forma explícita, ou nas entrelinhas, Mauro também nos convida a visitar as obras de outros autores, aguçando a curiosidade do leitor para uma lista de leituras necessárias. Como ao nos apresentar o Doutor Fernando, um psiquiatra normal, como muitos que devem existir por aí, e que se inspira em Simão Bacamarte. Implicitamente, ainda deixou em

Halguém traços de que, talvez, este tenha sido educado sob os princípios da Teoria do Medalhão. Um aperitivo machadiano!

Ao questionar a lógica dos acordos políticos, onde a amizade se permite ser refém dos interesses convenientes ao momento, o contista entrega a sua paixão e influência numa bela homenagem a Guimarães Rosa, com quem teve a honra de compartilhar as mesmas raízes genealógicas. Homenagem esta, um convite aberto para o leitor se aventurar pelas veredas Roseanas.

Com leveza e humor, os contos apresentam questões graves e necessárias em nossos dias, tais como o papel da mulher na sociedade, os diversos preconceitos que nos habitam e as 'fakes news' que orbitam a realidade dos fatos e, não poucas vezes, eclipsam a compreensão de muitos, tornando-os massa de manobra, ou, se preferir, gado de confinamento.

A relação do homem com o tempo e a natureza, a invisibilidade de quem transita pela vida entre as aglomerações da selva de pedra, a exploração do mais fraco, o poder que corrompe as biografias, as frágeis histórias ocultas por detrás da severidade dos atos públicos. Estão todos aqui, reunidos e vestidos em uma roupagem que seja palatável ao olhar mais sensível – às vezes, travestidos em eucaliptos parlamentaristas ou num mágico com superpoderes naturais, na medida certa para provocar um exame de consciência em cada um de nós.

Mauro Brandão procurou demonstrar em suas histórias, que ir além das obviedades, geralmente, é explicitar o que não estamos dispostos a encarar. Cada reflexão está ligada ao nosso cotidiano, às coisas que contemplamos e, até mesmo, vivemos na pele. É exatamente isto! Desnudando o óbvio, as nossas viseiras são arrancadas para enxergarmos além.

Porém, como diz o contista em um dos textos, *"a vida parece ser assim, um mar de insatisfeitices"*... Então, permitam-me narrar uma dessas insatisfeitices.

Era final de 2020 quando Mauro me convidou para escrever este prefácio. Na época, ele havia acabado de me dar a honra de prefaciar o meu livro de poemas, *Sobre os Nossos Dias e Alguns Desejos*, publicado no final do primeiro semestre de dois mil e vinte um.

Naqueles dias, ainda muito abalados pelo advento da Covid-19, que já alcançava uma baixa de um quarto de milhão da população do nosso país, não era possível imaginar que o meu amigo poderia transcender esta existência em apenas dois anos e meio. Estávamos se, por um lado, apreensivos, por outro, eufóricos com o crescimento da produção cultural durante a pandemia. Mauro já estava se tratando da doença que justificaria a sua passagem, no entanto, vivia o êxtase das reuniões, como nunca antes, de muitos poetas, músicos e outros artistas que passavam horas intermináveis em lives e encontros virtuais, mostrando suas novas produções e discutindo temas e ideias dos mais variados.

Como no curso da vida as coisas não acontecem antes do tempo propício, talvez haja alguma explicação espiritual ou energética para que seja assim, este livro acabou não sendo publicado. Mauro achou por bem priorizar a viabilização de um projeto musical, com a Banda Di Clara, que remetia às suas memórias mais íntimas e proporcionou uma reunião familiar que lhe encheu de alegria, de uma satisfação tão plena naquele momento, que fez jus deixar o livro de contos adormecido. Acredito até que os dias investidos no projeto da banda foram acrescentados à sua vida, dada a paixão com a qual ele me descrevia o projeto.

A música título do álbum da Di Clara, *Amor com Cheiro de Flor*, traz a melodia do Mauro de base para a letra escrita pelo seu primo Edson Zacca. Na letra, mais um dos caprichos do Tapeceiro da existência, nos versos que refletem a realidade do próprio Mauro naqueles dias: "Em meu quarto supero a dor. Canto sozinho, sorrindo, o amor com cheiro de flor". O sozinho aqui alude apenas à dor, pois o canto, o sorriso e o amor, eram sempre compartilhados com a sua amada e incansável Ana Cláudia, sua companheira de alma!

Além das profusões artísticas que oxigenavam o espírito e dos analgésicos necessários ao alívio físico, Mauro respirava com intensidade os ares de um período de trevas na política brasileira com um misto de tristeza, temor e esperança, sem que ainda pudéssemos enxergar alguma luz no fim do túnel. Seu corpo não resistiu, não aguentou esperar o fim do desgoverno que imperou por quatro anos, mas pregou e, incansavelmente, lutou pela conscientização daqueles que o liam nas suas redes sociais ou o ouviam nas inúmeras lives que promoveu. Mauro Brandão contribuiu muito para que a página fosse virada.

Para mim, que tive o prazer de conviver com o Mauro nos últimos anos da sua vida neste planeta, ele era um grande irmão! Uma pessoa incrível, que desfrutava de um intelecto impressionante, capaz de discorrer sobre temas complexos com muita propriedade, e, logo em seguida, com muita sensibilidade, se encantava com as coisas simples e era capaz de ir às gargalhadas pelas bobagens mais toscas.

Estas lembranças e tantas outras povoam meus pensamentos e me emocionam, neste momento em que volto ao teclado para revisar este prefácio, ao som da Di Clara, absorvendo na alma cada nota do seu teclado. Como eu teria gostado de receber este livro das mãos do Mauro! Queria estar presente no lançamento e ouvi-lo falar da sua obra, da sua forma tão peculiar e cativante.

O que mais me encanta, é que Mauro era uma criança na alma, um ser que construía pontes entre os seus amigos e que vibrava com as nossas conquistas como se suas fossem e, de alguma forma, também eram. Mauro foi um homem de coração aberto, sincero. Talvez por isso tenha sido escolhido pelo Eterno para nos transmitir o segredo que o anjo revelou ao menino invisível, num lindo conto: – "O Menino Jesus só ouve as crianças, porque delas é o Reino...", e então me lembro da passagem onde Jesus, certa feita, disse ao importante fariseu Nicodemos que, para compreender 'a mensagem', "é preciso nascer de novo", "ser como uma criança"... Mauro foi uma criança imensa!

Agora vou deixar que o leitor tenha as suas próprias experiências, desejando que seja tomado de pueris sentimentos ao adentrar as linhas fantásticas das próximas páginas, deixando-se levar por reflexões, permitindo-se escandalosas gargalhadas e um abrir e fechar incessante deste livro, pois esta obra merece ser saboreada com calma, como um delicioso prato mineiro, que vale a pena ser repetido...

JEFFERSON LIMA

IFIGÊNIA

A história que vou contar é impressionante e única. Tomei conhecimento deste conto contado num grotão esquecido da civilização, numa época em que eu era jovem e estava acampado com uma namorada e lá ficamos vários dias, e nestes dias almoçávamos e jantávamos na cantina da dona Ifigênia. Ela se encantou pela minha namorada, tomou confiança em nós dois, e certa vez, na última noite, nos chamou para conversar. Queria contar a sua história.

Chegamos lá e logo ela nos convidou para ficarmos na cozinha onde tinha um fogão a lenha. Sentamos à mesa, ela abriu uma cerveja e colocou junto uma cachaça muito boa, fabricada lá mesmo naquele lugarejo. Dona Ifigênia cozinhava maravilhosamente bem, e ela nos presenteou com uma deliciosa comida típica da região, apesar de ela ter vindo do Nordeste, de culinária diferente daquele lugarejo. Manjar dos deuses. Um arroz soltinho, feijão maravilhoso, carne de sol, uma mandioca cozida no fogão a lenha que descia derretendo de tão macia, um tempero de feiticeira, de tão sedutor ao paladar, além de legumes e frutas, tomate, alface, batata cozida com casca, salsinha, abacaxi, laranja. Uma fartura. Era uma cozinha gostosa de ficar, e depois de uma conversa calma e deleitosa, aquela senhora nos contou os horrores da sua vida desde a infância.

Dona Ifigênia, após saborearmos aquela deliciosa comida regada a cerveja e cachaça, sentou-se calmamente na cabeceira da mesa e, por sua voz mansa como uma brisa nas relvas de um campo orvalhado pelas manhãzinhas, nos serviu um café delicioso e sempre quente ao calor do fogão a lenha, onde moía os grãos e, junto com um hipnótico e alucinante licor de pequi, começou a contar a sua ausência de meninice.

Ifigênia nasceu num lugarejo seco no interior do Nordeste, sertão bruto, e desde lá adquiriu imunidade para sofrer em luta diária, de cada instante respirado. A seca e o chão que rachava como pequenos terremotos o solo covarde à vida se misturavam ao pequeno lugar de pequenas gentes que transpiravam a água que escasseava em seus corpos. A crueldade se misturava entre o sol de chicotes, à miséria de tudo, de alimentos e de água, e ao corpo violentado, abusado sem permissão entre lágrimas de dor muda e autista.

Só não havia carência de fome de sexo ao dominador, o pai da Ifigênia criança. E, desde os seis anos, a menina Ifigênia sentiu as mãos e o membro falocrático do carrasco pai a lhe invadir suas coxas, braços, peito que ainda não havia seios, e aquela invasão foi ganhando força exponencial, uma família de doze irmãos, três meninas e nove rapazes, além de mais membros da família, tios, tias, primos, amantes, avós e avôs que moravam apertados em dois casebres de pau a pique no meio do nada e areia que ventava insólita nos dias do nunca que não passavam.

O pai de Ifigênia era o patriarca, o jagunço chefe, e seus atos eram lei. Não se comentava, mas todos sabiam, inclusive a mãe, que o pai violentava a filha Ifigênia, no silêncio dos olhos que percebiam os movimentos surdos dos momentos em que o pai fazia no palco miserável a peça das intimidades com a filha, que por afônica só aparentava ao mundo externo, mas que em seu mundo secreto, gritava a todos os pulmões que a vida não podia lhe ser tão ingrata. Viver era morrer sem morte para a menina Ifigênia.

Já não havia desconsolo. Durante seis anos, o pai se fez amante da filha, enquanto a filha construiu o carrasco algoz em todo o seu universo de criança, que brincava só com o imaginário, o único lugar em que ela encontrava liberdade. Foi assim até mesmo nos momentos de invasão do seu corpo. Era como nem acontecesse mais.

Ifigênia se tornou moça aos doze anos. Mesmo na miséria até de beleza, Ifigênia foi se transformando numa bela mulher, pele queimada de sol, um bronze escuro que lhe deu uma armadura exótica e irresistivelmente suntuosa aos olhos de quem fosse, mesmo que os olhos fossem cegos. Seus lábios pareciam brilhosas fontes de mel, e os olhares dos outros homens, tios e irmãos neste rol, passaram a cobiçá-la. Aos treze, Ifigênia se engraçou com um primo de quatorze anos, e por alguns meses fugiam juntos para experimentar o amor que parecia inalcançável.

Foi com seu primo que ela sentiu deixar a virgindade, esse valor que nada valia naquela terra sem Deus e sem diabo, e não teve valor nem depois que conheceu os valores do mundo civilizado, longe da sua terra de morrer sem ter passado pela existência. Ifigênia viu o mundo antes de qualquer moça iludida com a virgindade. Até que um dia, o pai flagrou os dois em um descampado longe da moradia, naquele lugar onde não havia esconderijo. O primo foi espancado, e tal brutalidade foi tanta que depois de uns dias o rapazote morreu. Uma guerra se formou no lugarejo, mais quatro morreram, três homens e uma mulher, tia de Ifigênia, até que o pai retomou as rédeas do poder que exercia naquela região esquecida até mesmo do poder que rege e escraviza os homens da desumanidade.

Com seus quatorze anos, Ifigênia se aproveitou da fraqueza que uma guerra provoca e conseguiu fugir com um grupo de tropeiros que passava na estrada que ficava a doze quilômetros da sua casa, onde casa não era sinônimo de casa. Ifigênia implorou aos tropeiros que a levassem daquele lugar, inventou histórias trágicas diferentes da sua tragédia real, e assim foi parar em Salvador, graças às mulheres que lhe acobertaram e exigiram proteção dos homens da tropa, também jagunços nômades, conquanto ela arranjasse um meio de viver depois que chegassem à cidade.

Depois de uns dias, de manhã perambulando pelas ruas mendicantes, e de noite dormindo no acampamento dos tropeiros, conheceu um homem nas calçadas desiludidas, já senhor, que a prometeu arranjar uma ocupação como doméstica, e que depois a levaria para uma cidade no norte de Minas. Ifigênia se mudou para a casa do desconhecido em Salvador, um sobrado, e ele morava sozinho. Ela teve medo, como de medo se nutriu do pai em sua infância e começo de adolescente mulher. Mas o homem não a tocou nem tentou. A cobriu de roupas dignas, saias curtas, a alimentou como nunca provara uma alimentação, e até mesmo perfume o tal comprou para ela. Fartou-se das frutas que nunca experimentara, manga, maracujá, tangerina, e em poucos dias a sua pele e seu rosto ganhavam brilho e tenacidade, as coxas ganhavam ainda mais volume, e o brilho dos olhos se tornaram duas estrelas cintilantes.

Ifigênia morou no sobrado do seu senhor durante meses, arrumava a casa e a deixava brilhando, serviço prazeroso como brincar, até chegar aos seus quinze anos. A sua intuição, porém, dizia que aquele aparente paraíso era ilusório, e logo viria a realidade que lhe arrebataria do mundo que não lhe pertencia. Depois daquele tempo de acomodação da vida fácil, o homem disse que ela estava pronta, e que eles mudariam para a tal cidade do norte de Minas. Nada mais falou o homem. Foram a uma praça onde ficava uma jardineira que rodaria quilômetros e quilômetros levando pessoas sem passado e sem futuro para uma sorte melhor, quem sabe, mesmo sabendo que esta sorte era mais rara que um diamante brotado da terra. E a viagem se tornou um parque de diversões. Aqueles momentos a levaram à infância que nunca tivera, e mesmo o fedor de cocô, xixi, suor, galinhas e até porquinhos que abundavam a jardineira pela estrada poeirenta não foram capazes de tirar a alegria daquela desventura.

A jardineira levou três dias para chegar a Montes Claros por ter apresentado problemas de toda espécie. Os passageiros, quase todos de olhos estáticos e opacos como múmias aparentemente vivas, talvez mortos iludidos com o viver, no enfado dormiam embolados pelo caminho de uma péssima estrada e de um só motorista, que por vezes quase capotou o veículo ao dormir ao volante. Mesmo assim, suados, cansados e fétidos, chegaram. E quando chegaram, o senhor e a jovem Ifigênia ainda andaram uns quatro quilômetros até chegar ao destino.

Era dia, e a casa ainda não aparentava o que realmente era. O homem logo apresentou Ifigênia a uma senhora gorda, uma mulher de bigode, e que, quando a viu, exclamou: "Que nêga bonita, fresquinha. A rapariga vai fazer sucesso na casa, o senhor se cubra desta certeza". O homem pediu à dona gorda que cuidasse bem dela e que a preparasse antes de colocá-la para trabalhar. Dona Ifigênia nos contou que não sabia o que viria, mas não pressentiu coisa boa.

E de fato, chegando a noite, depois de descansar, a dona a chamou no quarto em que fora instalada, a levou ao salão e a apresentou às outras mulheres, todas vestidas com roupas muito decotadas, pernas à mostra e valorizando os contornos dos corpos. A moça Ifigênia recebeu boas vindas e a natural chacota daquelas mulheres da casa. Era uma zona boêmia.

Mas a moça Ifigênia não foi colocada na roda de imediato. A dona gorda, gerente do meretrício, foi a sua instrutora e a prometeu que ganharia um bom dinheiro, mas era mentira. Quase todo o dinheiro seria apropriado pelo dono do bordel, e ele faria de Ifigênia prata da casa para faturar em cima dela, uma menina de quinze anos, novinha, e que só seria colocada no salão quando aparecessem homens endinheirados e dispostos a pagar o cachê, bem maior do que o das outras mulheres, algumas já velhas e desvalorizadas, mas que lá permaneciam porque não tinham para onde ir.

Passaram-se os dias até que Ifigênia estreou. Um homem conhecido na cidade como Coronel estava disposto a ser o primeiro. Dançou com ela, bebeu muito com seus capangas que se divertiam com outras mulheres naquele ambiente esfumaçado a cigarros, até que, depois de pagar a chave e o alto cachê, a levou para o quarto. Ifigênia nos disse que pela segunda vez se sentiu estuprada. Foi difícil aguentar o bafo daquele homem, mais fedorento do que o do seu pai, e ela se esforçou para não vomitar. Foi assim que Ifigênia se tornou prostituta.

O bordel lhe exigia que atendesse bem aos clientes. Ela aprendeu o ofício e foi uma grande atriz. Não perdeu a beleza, ao contrário, cada dia ficava mais bela, mas se conformou com a vida desesperançada até conhecer um homem simples, um negro chamado Zé do Rosário, um trabalhador braçal, homem forte de músculos viris, e amoroso, de carinho raro, e pela força do amor maior que a tragédia, se apaixonaram. Zé do Rosário não tinha dinheiro para pagar o cachê de Ifigênia, e por esta carência do maldito metal, se encontravam clandestinamente.

Mas uma das mulheres a alcaguetou, e Ifigênia experimentou a mão pesada do senhor que até então não havia lhe encostado a mão. A revolta reassombrou o seu espírito, e entre dissimulações e encontros secretos com Zé do Rosário, conseguiram driblar o cerco que o cafetão fazia às mulheres do bordel e fugiram da cidade, de carona em carona, até chegarem a uma cidade no centro de Minas Gerais. Zé do Rosário arranjou um emprego em uma carvoaria, uma empresa relativamente grande e que fornecia carvão para uma indústria metalúrgica.

Ifigênia viveu alguns anos em relativa tranquilidade e até alegria. Imaginava que, enfim, a vida lhe fez justiça. O salário de Zé do Rosário era pouco, mas ela ajudava vendendo acarajé, e assim, nesta harmonia equilibrista, tiveram seis filhos, seis bacuris, como ela se referia aos rebentos. E pela primeira vez Ifigênia pôde também experimentar a religiosidade. Frequentava a igreja e era devota de Nossa Senhora do Rosário e Santa Bárbara, mas também experimentava o pulsar forte do sincretismo herdado das contações de histórias de sua avó, nascida de pais africanos e que vieram para o Brasil como escravos, mal sabe-se como sobreviveram no navio infestado de negros, ratos, doenças, fedores e carência de água e alimentos. A sua avó lhe ensinou o candomblé, e por correr em seu sangue a mística dos Orixás, logo conheceu e passou a frequentar um terreiro de umbanda na periferia da cidade, próximo à região onde morava, num barracãozinho que ficava mais apertado a cada rebento nascido.

Ifigênia vendia acarajé nas ruas, e esta iguaria de tempero hipnótico era cada vez mais cobiçada. Não só os acarajés, mas ela também era cobiçada, uma mulher que não perdia a fulgurante beleza nem com o passar dos anos, mesmo tendo seis filhos nascidos do seu ventre. Ainda que diante dos olhares desejosos e cantadas despudoradas dos homens, inclusive alguns, colegas de trabalho de Zé do Rosário, ela nos disse, com a certeza certeira do bote de uma onça, que jamais traiu seu amásio. A culinária foi uma das raras alegrias que trouxe da sua infância, e que apesar da sofrida miséria e violência que viveu no norte da Bahia, quando dava, ajudava a preparar a comida junto com a mãe, a avó e as tias. E no terreiro de umbanda onde frequentava, levava acarajés em oferenda às entidades que lá baixavam, como ela acreditava, e logo se tornou mãe de santo e incorporava Maria Padilha, Exu mulher, e o terreiro passou a ser frequentado por mais pessoas, que se encantavam, pela fé, com seus conselhos que abriam caminhos.

Mas os ventos retornaram revoltos. A carvoaria atrasava os salários, as condições de trabalho eram péssimas, e além do mais, por estes azares do destino, a cidade ficou sabendo que Ifigênia foi quenga, mulher de zona. Nesta mudança às nuvens sombrias, Zé do Rosário, que trazia em sua alma a devoção a São Benedito e a crença na justiça de Xangô, e que no terreiro era cavalo do Preto Velho, famoso por suas benzidas que se acreditava milagrosas, virou líder dos carvoeiros, que passaram a exigir que os salários atrasados fossem pagos, além de lutar por melhores condições de trabalho, já que muitos adoeciam por respirar a fuligem do carvão. Uma mortandade precoce se verificava entre os trabalhadores, que aderiam em massa ao movimento e às justas reivindicações, e logo os donos da empresa passaram a enxergar Zé do Rosário como uma grande ameaça. E numa ação sórdida, fizeram correr uma fofoca, dizendo que Ifigênia estava traindo Zé do Rosário. Sabiam do passado e do assédio que ela sofria, e assim, somado ao sedutor gingado ao andar, a fofoca virou verdade na boca do povo.

O zunzum que corria na cidade sobre a caluniosa traição era tão forte que um dia Zé do Rosário ameaçou largá-la com seus seis bacuris. Ela se desesperou, jurou fidelidade e amor incondicional, e logo Zé do Rosário a consolou, disse que estava de cabeça quente e que acreditava nela. Naquela noite, as juras de amor revigoraram, e eles fizeram amor como se fosse a primeira vez, um amor apaixonado, destes raros como turmalinas que brotam do chão; um amor de dar inveja até aos mortos.

Pela manhã, Zé do Rosário saiu para trabalhar e não voltou. A noite foi chegando e Ifigênia ficou preocupada, pressentindo que algo pior acontecera. Foi à casa de um dos colegas de trabalho, e dele ouviu que Zé do Rosário pegou carona em um caminhão de mantimentos que estava voltando para a capital, e até ela passou a desconfiar que seu amado realmente abandonara a família. A tragédia escancarou a vida de Ifigênia. Passaram-se os dias, e nada de Zé do Rosário aparecer. A sina estava servida. Para todos, o nêgo fugiu, abandonando a família, e nunca mais Zé do Rosário apareceu.

Passados uns dias de profunda perplexidade e choque com o desaparecimento de Zé do Rosário, com as panelas vazias e seis filhos para criar, Ifigênia resolveu ir à luta, mas a vida desgraçada era mais forte do que a vontade e a determinação. A única fonte de renda sobrada vinha dos acarajés que vendia na rua, auxiliada por uma vizinha que também frequentava o mesmo terreiro de umbanda e a doou ingredientes porque ela precisou produzir mais, mas, por muitas vezes, seus filhos tiveram que pedir esmolas nas ruas. Tudo era humilhação e tristeza naqueles tempos.

A filha mais velha, já mocinha, acabou se prostituindo nas ruas, e logo arranjou um namorado, um pequeno traficante. Na ilusão de ganhar muito dinheiro, o casal se mudou para a capital, e lá ela foi parar em um prostíbulo de alta rotatividade, com consentimento do amante, para ganhar dinheiro e ajudar na sobrevivência naqueles primeiros tempos. O amante passou a vender drogas junto com uma gangue da favela em que moravam. Mas a guerra do tráfico é cruel, e num fatídico dia, ela e o amante foram surpreendidos no barraco onde moravam por mais de uns dez homens da outra gangue, que dispararam uma rajada de tiros enquanto dormiam, e seus corpos foram dilacerados pelas balas.

Tem mais histórias neste meio, como a do caminhão que Zé do Rosário pegou carona e foi visto pela última vez, mas aguardem que eu vou contar. Por ora, saibam que a história de Ifigênia só se tornou mais leve porque algo maior aconteceu. Mesmo vivendo a tragédia desde a tragédia do seu nascimento, o vento operou mudanças ao caminho da justiça. Xangô e Iansã entravam em ação, da forma como ela nos disse. A filha assassinada gerou um filho que todos o tratavam por Neguinho, e que Ifigênia resolveu adotar depois que os pais morreram. Ela fez do neto adotado a extensão da sua filha, queria que ele tivesse melhor sorte na vida, a sorte que não pôde dar à mãe de Neguinho, e seu neto se tornou a sua companhia inseparável.

Os anos se passaram, e os outros filhos, para ganhar a vida, se mudaram para outras cidades. Todos sobreviviam com muita dificuldade, apesar de serem trabalhadores úteis e fortes. Mesmo com pouca renda, os filhos ajudavam a mãe Ifigênia e puderam dar a ela e o neto Neguinho algum pequeno conforto, este que nunca teve e nem sonhou ter na infância. Nestes anos todos, não houve um dia sequer que Ifigênia não se lembrou do seu amado Zé do Rosário; rezava pela sua alma, chorava de saudade, e sabia que aquela história não estava bem contada. Tinha fé de que algo seria revelado, uma fé que resistia aos anos de ausência do seu grande amor.

E em um dia especial, Ifigênia recebeu a notícia de que talvez o seu amado, Zé do Rosário, fora assassinado e não abandonou a família covardemente, como todos acreditavam. Um homem que estava em estágio terminal de câncer contou, com muita dificuldade pelo estágio precário de saúde em que se encontrava, depois de receber morfina em seu corpo, entre devaneios e sobre-humanos lampejos insistentes de lucidez, que quando tinha dezessete anos viu um negro sendo assassinado por três pessoas que estavam em uma Rural, e que aquele negro era Zé do Rosário.

Ele contou que guardou este segredo pelo resto da vida porque foi coagido pelos assassinos, que o ameaçaram caso contasse o que viu. Zé do Rosário, de acordo com este homem, foi assassinado em um morro da cidade, e ele ainda conseguiu dizer onde foi o assassinato, perto de uma pedra grande que há no morro. O homem estava morrendo, mas se sentiu na obrigação de contar este segredo que carregava como se carregasse elefantes nos pés por cada instante da vida. E antes do último suspiro, revelou o nome de um dos assassinos: Ramiro.

Aquele homem que vivia os seus últimos sopros de vida sabia que o pouco tempo que lhe restava deveria ser reservado para fazer justiça. Mal falava, mas buscou forças para contar sobre o assassinato de Zé do Rosário, e pediu que tudo que revelasse fosse dito a Ifigênia, imaginando o sofrimento que ela passou pela futrica que correu na cidade, onde todos acreditavam que Zé do Rosário abandonou a família porque Ifigênia estaria lhe traindo.

Assim, além de revelar o nome de um dos assassinos, Ramiro, relatou com detalhes onde o corpo foi enterrado. Aquele homem, já maduro e que padecia dos males do câncer, contou que, com seus dezessete anos, passeava pelo morro, quando ouviu vozes. Ele se escondeu atrás de uma pedra grande, e lá ouviu três tiros de revólver. Com muito medo que os assassinos o percebessem, presenciou, com extrema discrição, toda a cena, até ver os homens jogarem o corpo de Zé do Rosário em uma vala já pronta. Era um crime premeditado.

Depois de assistir a tão bárbaras cenas, ele entrou em desespero e saiu correndo, sentindo-se aliviado por ter conseguido chegar à casa, um dia em que ficou mudo, em estado de choque, e não conseguiu contar a ninguém o que viu no alto do morro. Mas na correria, perdeu sua carteira de escola, e teve que se justificar para entrar para a sala de aula no outro dia. E no recreio, uma surpresa. A diretora da escola o chamou e disse que havia um homem que queria conversar com ele lá fora. Ele saiu da escola, e chocado, reconheceu o homem. Era o assassino, Ramiro, que estava com a sua carteira na mão. Ramiro disse que precisava conversar com ele e o intimou a dar um passeio. Ele, quase se borrando de pavor, saiu com Ramiro, e mais adiante encontraram com os outros dois assassinos. Caminharam até à rua que dava para o fundo da escola, e o rapaz, assustado e impotente para reagir, acompanhou os três, que em determinado ponto, um local ermo, disseram saber que ele presenciou o assassinato. O jovem ficou mudo. Não conseguia responder, até que Ramiro o acalmou. Disse que não fariam nada com ele se ele também não abrisse o bico. Mas o ameaçaram caso ele traísse a palavra. O fizeram jurar, e disseram que iriam vigiá-lo. Um dos assassinos exibiu, passando a mão, uma peixeira que carregava na cintura e que tinha uns setenta centímetros. O jovem suava frio, a voz quase não saiu, e depois de ele empenhar a palavra, o liberaram.

O rapaz voltou para a escola e não teve coragem de contar para ninguém. Os anos se passaram, e aquele segredo que era só dele foi revelado apenas em seus últimos instantes. Não demorou e um dos filhos daquele homem recém-falecido procurou Ifigênia e a contou com os mesmos detalhes. A vela que parecia apagada reacendeu. Mas havia um problema. Como provar que Zé do Rosário foi realmente assassinado? Ifigênia decidiu procurar três homens que frequentavam o mesmo terreiro de umbanda e lhes pediu ajuda.

E já no outro dia, foram ao morro para cavar o local e tentar encontrar os restos mortais de Zé do Rosário. Por mais de três horas, cavaram bastante, mas nada achavam. Estavam por desistir, e um deles saiu do buraco escavado. Junto à marca da bota na terra, brotou um brilho de metal. Ifigênia pediu que pegasse aquele objeto e o trouxesse para ela ver. Naquele momento, um grande milagre! Aquele metal era uma medalha, a medalha de São Benedito, que Zé do Rosário não largava por nada. Ifigênia reconheceu logo aquela medalha, ajoelhou, chorou um choro comovente, de comover até as pedras e lagartixas, e agradeceu a todos os santos, São Jorge, Santa Bárbara, Jesus, Nossa Senhora,

Iansã, Xangô, derramando lágrimas que nunca derramara, nem mesmo quando foi dilacerada em sua liberdade de existir por seu carrasco pai no chão tórrido que rachava e esfarelava a esperança.

Enquanto Ifigênia se derramava em lágrimas e preces por ter elucidado o destino do seu amado Zé do Rosário, os homens que escavaram o local do assassinato tentavam entender por que não encontraram nenhum vestígio do corpo. Não havia dúvida! Zé do Rosário foi realmente enterrado ali naquela cova clandestina, e a medalha de São Benedito encontrada e reconhecida por Ifigênia era prova suficiente. Mas deveriam também encontrar ossos e cabelos, e não havia nada. E depois de matutarem, um deles chegou à conclusão: o corpo foi retirado do local por precaução, pois havia uma testemunha, e concluíram que aquela medalha caiu da roupa de Zé do Rosário no momento em que ele foi retirado da cova para ser transportado para outro lugar, e que os assassinos não a viram cair.

Ifigênia não se deu por satisfeita. Havia grande alegria por descobrir, pela prova da medalha, que Zé do Rosário não havia abandonado a família, mas brotou, ali naquele local, uma nova tristeza. Por que mataram o seu amado esposo? Zé do Rosário era um homem bom e não mereceu a morte que teve, e se não o tivessem matado, talvez ele estivesse com ela e a família até naqueles dias, talvez, se estivesse vivo, a sua filha não encontraria o caminho da prostituição e não teria uma morte tão estúpida, e nem mesmo seriam submetidos a tantas humilhações, que obrigou os filhos até a pedir esmolas nas ruas.

Depois da paradeza do olhar distante e fixo nas conjecturas, Ifigênia tomou uma decisão: queria se encontrar com Ramiro e saber, da boca dele, por que mataram o seu amado Zé do Rosário. Imediatamente, pediu aos homens que a acompanharam que eles fossem ao seu encalço. Ramiro era um homem conhecido, frequentava vários botecos na periferia da cidade, e depois de alguns dias de investigação, desvendaram que Ramiro morava numa cidade próxima, descobriram o endereço e foram atrás dele. Viajaram até a cidade onde morava Ramiro, e não demorou, acharam o endereço, um barracão nos fundos de uma casa. Chamaram, insistiram, mas ele não atendeu, até que a mulher que morava na casa da frente informou que Ramiro estava em um boteco na esquina. Chegaram ao boteco, bem copo sujo, pediram uma cerveja e perguntaram ao dono quem era Ramiro. O dono apontou o dedo em direção a uma mesa de sinuca, para um homem segurando um copo de cachaça, um homem baixo e magro, envelhecido e enrugado pelos anos; um trapo dominado pelo álcool.

Assim que surgiu uma oportunidade, um dos homens o abordou e disse que precisavam conversar com ele. Ramiro relutou, mas acabou cedendo, e resolveu dialogar. Sentaram-se em uma mesa fora do bar, e logo um deles disse que sabiam que ele era um dos assassinos de Zé do Rosário, e que a missão deles era promover um encontro dele com Ifigênia. Ramiro negou, mas não houve saída. Os argumentos dos homens não davam margem para desculpas e mentiras, e eles acabaram por convencê-lo de que era a única oportunidade de ele dizer a ela por que mataram o seu marido, e assim, reparar a história. Ramiro, bêbado, desandou a chorar, e disse que foi a única morte de que ele tinha um profundo arrependimento. Conhecia Zé do Rosário e gostava dele, era um trabalhador e um idealista, lutava para a dignidade não só dele, mas de todos os trabalhadores da carvoaria, e tinha bom coração. Era caridoso e generoso, mesmo sendo um homem pobre que sustentava a família com muita luta, uma luta inglória permeada de injustiças. Disse que fora forçado a fazer o serviço e, já aceitando a proposta, revelaria a Ifigênia por que foi obrigado a assassiná-lo. Assim, combinaram que o pegariam no outro dia e confiaram na palavra de Ramiro. Sabiam que ele não fugiria do seu grande compromisso com a vida, com o ajuste de contas com a vida ainda em vida.

Naquela noite, houve uma gira de umbanda no terreiro que Ifigênia frequentava há anos. Uma mulher de vermelho incorporou uma pomba-gira, a Cigana, e rodando com Ifigênia, disse que uma maldição seria quebrada. Ifigênia então contou aos participantes, inebriados com a história ao som dos atabaques, que ela iria se encontrar com o assassino do seu amado Zé do Rosário, e que o destino da vida dela e da dele seriam traçados naquele encontro. Pediu para que ninguém a acompanhasse, excetuando o seu neto Neguinho e os três homens que levariam Ramiro a ela. Ifigênia foi a única a não saber o nome do assassino até então. Desde que descobriram o nome, ela pediu para que não dissessem, e assim foi até no dia do encontro, no outro dia, e que aconteceria justamente no local onde Zé do Rosário foi morto, no local onde cavaram sua cova.

Chegou o dia do encontro, e os três amigos de Ifigênia levaram Ramiro ao local onde o seu marido Zé do Rosário foi assassinado. Ramiro suava da cabeça aos pés, um suor que exalava álcool, mesmo estando sóbrio. Ifigênia já estava lá, acompanhada do seu neto Neguinho, e seu semblante transparecia paz. Estava preparada para o encontro, um preparo que as testemunhas, inclusive o neto Neguinho e o assassino Ramiro, não esperavam. Ramiro tremia, um tremor visível pela calça e camisa que balançavam. Os homens que o conduziam pararam a uns metros de Ifigênia, que pediu para que eles ficassem onde pararam, e pediu Ramiro que se aproximasse, cujo nome ela só soube bem depois, como ela nos contou, por acidente, porque um dos homens que o levou pronunciou seu nome sem querer, após anos. O nome Ramiro era conhecido até então pelos homens que investigaram a morte de Zé do Rosário e os familiares do homem que revelou o assassinato, e depois da revelação, Ifigênia se lembrou dele nas várias vezes que ele comprou acarajé em sua mão, sempre elogiando a iguaria.

Ramiro caminhou de cabeça baixa ao encontro de Ifigênia, que pediu que ele olhasse em seus olhos. Ramiro levantou seu rosto lentamente, e Ifigênia percebeu que ele chorava copiosamente. Uma cachoeira de lamentos lacrimosos. Quando os dois se fitaram, ela perguntou por que fizeram aquela covardia com o seu amado Zé do Rosário. Ramiro, que até então se fizera mudo, pronunciou. Disse a ela que aquele assassinato foi a cruz mais pesada que carregou, e ali narrou sua história sofrida.

Ramiro era filho de um jagunço pobre como Ifigênia, nasceu e morava em um casebre com os pais e mais seis irmãos. O pai tinha muitos inimigos, e num dia de tempestade, quando Ramiro tinha seis anos, a família foi vítima de uma tocaia. O barulho da chuva forte e o cansaço do pai não permitiram que ele percebesse que homens, sorrateiros, se aproximavam da casa. O pai dormia acordado, mas naquele dia a fadiga e o barulho da chuva o traíram. Os homens arrombaram a porta. A casa era muito pequena, uma pequena sala que também era cozinha, um banheiro minúsculo ligado a uma fossa e dois cômodos que serviam de quarto. Quatro irmãos dormiam em um, e o pai, a mãe, Ramiro, um irmão e a irmã caçula dormiam no outro. Os homens se espalharam, e enquanto uns renderam os irmãos mais velhos, seis homens invadiram o quarto onde estava Ramiro e o pai, que acordou, pegou a garrucha e tentou atirar. Mas antes, um dos homens atirou na mão dele, e rapidamente pegaram o pai de Ramiro e o levaram para fora. Os outros homens, depois que amarraram os irmãos, foram ao outro quarto, arrancaram a roupa da mãe e a estupraram na frente dos filhos pequenos. Ramiro tapou os olhos da irmã mais nova para que ela não visse e sentisse em si a tortura dos demônios. A mãe de Ramiro ficou ali, estática, nua, com as roupas rasgadas jogadas por cima, embanhada de sangue, e seus olhos vidrados em choque. Ouviram tiros e trote de cavalos, e quando os irmãos conseguiram se libertar, foram para fora da casa e encontraram o pai morto, todo furado de bala, cujo sangue se misturava à lama e às águas fortes da chuva. Naquele dia nasceu o vingador, o justiceiro, o jagunço Ramiro.

Daquele dia em diante, Ramiro e os irmãos juraram vingança, e cuidando da mãe e cada um dos outros, conseguiram pegar seis dos homens que assassinaram o pai, pois os outros já haviam morrido, todos assassinados cruelmente. E foi assim até achar o último, que foi morto por Ramiro quando ele tinha treze anos, que contou em detalhes, matando-o na faca, até cravar a última facada no pescoço, cuspiu em seu rosto e depois o retalhou com a espora.

Ramiro então contou como foi a sua vida até o assassinato de Zé do Rosário. Virou matador profissional, e aceitava estes serviços somente para matar gente ruim como os assassinos do seu pai e os algozes covardes de sua mãe, até parar na cidade onde moravam Ifigênia, seu amado Zé do Rosário e os seis filhos. Ramiro também trabalhou na carvoaria. Chegou lá sem documentos e fugido, pois de tanto matar, era procurado por outros pistoleiros. Havia na carvoeira um capataz conhecido como Deodoro, e que era responsável pelos empregados. Era um homem ruim, e incentivava o dono da carvoaria a aplicar castigos aos empregados que saíssem da linha, como se fossem escravos.

Quando Zé do Rosário começou a liderar um movimento dos empregados exigindo pagamento em dia e melhores condições de trabalho, Deodoro convenceu o dono da carvoaria de que deveriam eliminar Zé do Rosário. Deodoro sabia que Ramiro era matador, e o procurou para fazer o serviço. Deodoro tinha dois escravos, dois negros que fugiram de uma prisão na capital do estado, e Deodoro deu guarida a eles na condição de que fizessem serviços sujos. Neste dia da conversa, Deodoro disse a Ramiro que ele não tinha escolha. Ramiro não aceitou o serviço, e Deodoro o ameaçou dizendo que traria os bandidos que estavam ao seu encalço. Ramiro entrou em luta corporal contra Deodoro, mas foi contido pelos dois escravos, que o amarraram e o colocaram em uma cela clandestina, totalmente sem higiene e infestada por ratos. Deodoro deu três dias para que Ramiro decidisse pelo serviço, ou então o manteria preso até que ele trouxesse os bandidos que estavam a sua procura.

Não havia escolha. Ramiro sabia que o inferno o aguardava, e mesmo se ele não fizesse o serviço, algum outro faria. Assim, Ramiro aceitou os termos, e no dia, fizeram com que Zé do Rosário pegasse uma carona no caminhão de mantimentos até um ponto da estrada, pois disseram a ele que havia outro local onde o dono da carvoaria queria instalar outra unidade de fornos, numa mata de eucaliptos, e que precisavam dele para avaliar o local. Disseram a Zé do Rosário que três pessoas estariam o esperando no tal ponto onde ele desceria, e que de lá iriam ao lugar. Eram Ramiro e os dois escravos. Zé do Rosário foi com eles, e num determinado ponto um deles deu uma coronhada em Zé do Rosário, que desmaiou. Os escravos já haviam aberto uma cova no dia anterior, e assim que ele desmaiou, o amarraram, o amordaçaram e o carregaram até o local. Zé do Rosário acordou, tentou reagir, mas estava imobilizado. Ramiro pegou o revólver e deu três tiros certeiros na cabeça de Zé do Rosário, e depois mais um.

Sem demoras, jogaram na vala o corpo já falecido, mas enquanto enterravam, ouviram um som de passos na mata. Era alguém que estava correndo, alguém que viu o crime. Um dos escravos tentou alcançar a pessoa, mas não conseguiu. Ele viu um rapaz, já longe, e ele se preocupou. Andou mais uns passos e achou um documento do rapaz. Era a carteira da escola, na qual havia o nome dele e uma foto. Preocupados, eles, que nem haviam jogado terra ainda, levaram o corpo para outro lugar, a mais de cem metros do local, taparam a vala e chegaram só de noite, dado que a missão demorou muito mais do que o previsto. Foram naqueles momentos que deixaram cair, sem perceber, a medalha de São Benedito da roupa de Zé do Rosário.

Enquanto Ramiro contava a sua trágica história até chegar ao assassinato de Zé do Rosário, Ifigênia o ouvia, fixando seus olhos aos olhos cheios de lágrimas do jagunço, enquanto segurava a medalha de São Benedito em sua mão esquerda. Aquela medalha milagrosa, como ela acreditava, exatamente em cima da terra onde fora encontrada e onde Zé do Rosário foi morto há tantos anos. Depois que Ramiro relatou a razão pela qual foi coagido a assassiná-lo, Ifigênia se lembrou do caminhão em que seu amado pegou carona. Era a única esperança de tentar descobrir o seu paradeiro. Ifigênia disse a Ramiro que por vários dias ainda procurou saber do destino de Zé do Rosário, alimentava uma tenaz esperança, e por isso esperou o caminhão de mantimentos voltar para saber o que houve na viagem, mas o caminhão não voltou mais. Souberam depois que o caminhão, levando mantimentos para a cidade, se chocou contra outro caminhão e o motorista morreu. Só o motorista podia esclarecer que Zé do Rosário desceu antes, e assim poderia haver outra hipótese para o sumiço dele. Era azar demais, pensava Ifigênia, mas jamais passou pela cabeça dela que Zé do Rosário descera antes.

Ela não acreditava no abandono. Um homem amoroso com ela e os filhos não poderia deixar a família órfã. Todos acreditavam assim, no abandono covarde, menos Ifigênia. A fé a acompanhou desde menina, e mesmo quando o seu pai a invadiu, tal como um ditador e seu exército massacra um país indefeso, sempre cultivou a crença de que um dia as coisas mudariam, e que ela descobriria o verdadeiro paradeiro de Zé do Rosário, a mesma fé que ele carregava em São Benedito, cuja medalha Ifigênia segurava com tanto fervor. Naquele momento, a certeza do assassinato era um alívio para um destino cujo traçado já se cumprira. Ifigênia carregava o espírito de Jó, e aqueles momentos entortavam o espaço-tempo pela gravidade que se encontrava em seu ápice.

A história chegou ao ouvido das pessoas que conheceram Zé do Rosário, já mais velhas, e concluíram o assassinato como verossímil. A vela que parecia apagada reacendeu, e a história colocou Ifigênia e Ramiro no mesmo traçado, naquele dia em que a mulher e o assassino formavam uma aliança com um mesmo homem, Zé do Rosário, e a partir de então a história encontraria seu portal que conduziria a história de Ifigênia e Ramiro a outro universo.

Depois de ouvir a saga do algoz do seu amor, Ifigênia pediu novamente que Ramiro olhasse em seus olhos. Os olhos azuis de Ramiro, contornados pelas rugas e olheiras do tempo, do álcool e do remorso, formaram uma ponte aos olhos negros, grandes e brilhosos de Ifigênia, olhos de japira de beleza intacta à corrosão dos anos. Um instante, num lapso de tempo, o tempo algoz se fez senhor de luz. Ali era vazio quântico. Vidas cruéis que encontravam redenção que nunca houvera, talvez somente no amor, no amor de Ifigênia a Zé do Rosário, no amor de Ramiro à sua mãe, sua irmã e seus irmãos, estes momentos que não têm dimensão. No exato local onde fora assassinado Zé do Rosário, os olhares de Ifigênia e Ramiro irradiaram paz. Ifigênia, enfim, pronunciou as palavras derradeiras. Disse a Ramiro, cujo nome ainda desconhecia, que fosse com Deus, porque aquele era o sublime momento do perdão, e que por ele soube que o seu amado não morreu pela vontade do seu coração, e por isso já não o via como assassino, mas alguém ferido pelo destino como ela, e que aquele reparo que a história permitia era a permissão de Deus, que age sempre no momento certo. O perdão iluminou o ambiente, que se tornou místico e santo. Ramiro se afastou lentamente, sem desviar o seu olhar do olhar de Ifigênia, e se afastando lentamente foi até uma distância tal que se permitiu virar, e virado caminhou, sem mais olhar para trás, e sem olhar para trás, caminhou até sumir para sempre na vida e da vida de Ifigênia.

Muitas histórias ainda ouvimos daquela senhora enquanto saboreávamos aquele licor de pequi depois de um jantar mágico e hipnótico. Mas havia a história dos escravos, coautores do assassinato de Zé do Rosário. Eles foram presos injustamente, delatados como autores de um assassinato de um homem poderoso da capital, e que não cometeram o crime. Sabiam quem era o autor, um homem branco, político, ladrão e corrupto, mas, por serem negros, foram usados como bodes expiatórios. Deodoro, o capataz da empresa, só os acobertou na fuga por também ser cúmplice deste assassinato. Era desejo deles matar Deodoro, fato que se consumou anos depois. Os escravos o assassinaram e fugiram novamente, e nunca mais se ouviu falar deles. Foi como Ifigênia nos disse: A história dos negros deste nosso país é construída de prédios de miséria e injustiça. Não que não haja negros criminosos, como há brancos e pessoas de qualquer cor ou fortuna, mas é a história da dominação cruel e da escravidão que marca estes séculos da nossa inglória existência.

Mas o melhor estava por vir. Naquela cozinha aconchegante, onde a minha namorada e eu ouvíamos, extasiados, a história da vida de Ifigênia, ali, da dona Ifigênia, revelou-se a grande surpresa. Meses depois de saber do que real se sucedeu a seu amado Zé do Rosário, e que a ele rendeu orações e rezas por sua alma, acendendo, todos os dias, uma vela em sua memória, bateu em sua porta um oficial de justiça. Ele pediu para entrar e sentar, pois o assunto era extenso. Abriu uma pasta com vários documentos e disse que ela, Ifigênia, herdou um grande terreno onde morou na infância, no Nordeste. Começou o agente da justiça dizendo que a mãe foi até Salvador e lá pediu não só para registrar o enorme terreno onde moravam, que naquela época pouco valia, em nome de Ifigênia, e pediu a um escrivão que registrasse um testamento, no qual não só dava posse do terreno a Ifigênia, mas também contava uma parte do que aconteceu por lá depois que ela fugiu para Salvador.

No testamento, a mãe de Ifigênia, pelo registro do escrivão, contou que o pai morrera assassinado, um assassinato tão cruel que a mãe pediu para que não relatasse os detalhes. Só disse que foi uma morte lenta, sofrida e merecida. O terreno, mesmo invadido por outras pessoas, pertencia a Ifigênia, e o governo procurava o proprietário, pois lá passaria um trecho da transposição do Rio São Francisco. Assim, o oficial de justiça, em nome do governo, procurou Ifigênia, pois o governo havia determinado a desapropriação do terreno.

Ifigênia viajou a Salvador, junto com mais dois filhos e o neto Neguinho, e por lá tramitou a oficialização da desapropriação e da indenização, o que rendeu uma grande quantidade de dinheiro a Ifigênia e família. E quando voltou, participou da sua última gira de umbanda na cidade, rendeu-se a Iansã por ter permitido que os ventos revoassem a seu favor, e a Xangô por ter feito justiça em sua vida desgraçada em quase todo o percurso da existência, depois de tantos anos de sofrimento e infortúnio, e comunicou aos amigos que mudaria da cidade. Do dinheiro herdado, distribuiu três quartos aos filhos e ao neto Neguinho, e com o seu um quarto se mudou para o lugarejo onde a conhecemos, ali, na cantina. Não queria luxo, somente paz.

O neto Neguinho foi estudar em Belo Horizonte, se formou em direito, e lá ficou conhecido como doutor José do Rosário Neto, mas gostava mesmo é que os amigos o chamassem de Neguinho. E junto com a avó, fundou o Instituto Quilombola Zé do Rosário, onde apoiava os negros vítimas de racismo, mulheres vítimas de misoginia, famílias de negros assassinados covardemente e outras injustiças contra os perseguidos e discriminados pela sociedade preconceituosa, machista, sexista e classista. Era tanto maravilhamento que quase nos esquecemos de ir embora. Era uma madrugada orvalhada que já dava sinais do romper o amanhecer. Mas antes de ir, ela entoou um canto, e nós cantamos juntos.

Iansã orixá de Umbanda, Rainha do nosso congá, Saravá Iansã!

Dali fomos, depois de um longo e delicioso abraço com cheiro de ervas e temperos, e após irmos, pois era a nossa última noite naquele lugarzinho, nunca mais vi ou ouvi falar de dona Ifigênia. Passado um tempo, perdi também a namorada, que decidiu voar por outros horizontes. Depois daquela noite, me tornei um outro, tornando-me só! Se faltou coragem para contar antes, era porque eu precisava viver até esgotar em mim a intimidade dessa vida sem medida até soltá-la ao mundo como se solta aos céus um pássaro covardemente preso na gaiola. Desde estes anos, todos os dias, a lembrança acende-me, pela brilhante vela, a vida de Ifigênia.

UM MONÓLOGO ESQUECIDO EM UM SERTÃO PERDIDO

Quero dizer, meu senhor, enquanto descansa nessa terra sem mundo até que siga viagem, a quantas penso como essa vida é mesmo mil-surpresas, desde o primeiro suspiro engasgado até o último engasgo suspirado. A gente cai na vida vai se saber como, e muito menos se sabe por que caímos do jeito que é. Tem uns que caem assim, já em berço de ouro, bem nutrido, vitaminado, e outros caem do outro lado, lutando contra o esfomeamento, roubados pelos que têm muito mais que a vida pede pra existir, e até contra o roubo deles contra eles mesmos, nesta sobrevivência que nem Deus sabe como. Tem outros que caem no meio; não são nem ricos, nem pobres. Desequilibra de um lado quando equilibra do outro, e quando o outro lado se equilibra outra vez, aí vem o lado equilibrado desequilibrar. E tem aqueles que, no decorrer de sua existência, de tão ricos viram pobres, e outros, pela sorte ou pelo suor, mais pela sorte, de tão pobres viram ricos. Mas aqueles que estão no meio, aaaaah, estes; quase nunca se sentem no meio. Meio é palavra proibida pr'eles. Ou se acham ricos sem serem ricos, ou se acham pobres sem serem pobres. Eu só sei, moço, que poucos estão satisfeitos com o que têm ou o que são. A vida parece ser assim, um mar de insatisfeitices, que se espalha como mato depois de muita chuva miúda, destas que se choviam nos janeiros.

Aqui neste lugar onde moro, só mesmo o senhor para se achegar a nós, neste lugar calorento e esquecido de Deus. Mas saiba o senhor, veja bem, que tive um pouquinho de escola, num tempo quando ainda não morava neste fim de mundo. E nesse pouco de ensino, aprendi que escola é lugar de aprender a ser humilde, justamente porque nas outras coisas da vida que a escola não ensina, aprendi o que tantas vezes uma pessoa de estudo não aprende. É que todo mundo é desigual e igual ao mesmo tempo, de dor de barriga igualzinha.

Sempre me dá um arrepio de alegria quando o senhor reaparece por estas bandas, seu moço. Tome aqui uma cagibrina das boas, feita aqui mesmo numa fazenda pertinha deste mato, enquanto eu digo a vosmicê sobre como funciona a política daqui. Certo é que o senhor já sabe: a política deste fim de mundo não é tão diferente da política da sua terra, cheia de desenvolvimentos que por aqui talvez nunca chegue. A política é igual ao cocô do cavalo, moço. A estrebaria pode ser diferente, mas o cheiro é igualzinho.

O certo é que a política é uma coisa boa e ruim ao mesmo tempo. Num tem jeito do homem viver sem política. Como haveria de haver as melhoranças se não tivesse esse arranjo entre as pessoas do mesmo lugar? Eu tenho cá comigo que foi a política que inventou o homem, e não o homem inventou a política. Se não fosse desse jeito, o homem ia ser diferente, as cousas iam se dar na parcimônia, mas isso nunca há de ser assim. Sempre haverá desequilíbrios insanos na natureza do homem, pois a política, como o demo, é que deu o jeito de moldar a fôrma de fazer gente.

Olha aí procê ver, moço. Aqui, nós chamamos o prefeito de xerife, cabe mais o termo neste sertão, mas nada muda nos outros sertões. E não é que entra xerife, sai xerife, e tudo que na parecença era bonito, de repente, depois do poder, fica feio? Amigos da vida inteira se estranham, viram inimigos, e inimigos jurados de morte, assim como uma ventania de surpresa, viram aliados? Como pode isso dentro da lógica?

E nas campanhas? Aí é que é um deus-nos-acuda! É cada promessa sem pé-nem-cabeça que provoca inté risada. Mesmo assim o povo acredita, o senhor acredita? Sei que o senhor acredita. Não que não haja feitorias, sempre há, mas isso é obrigação. Afinal, pra que serve o dinheiro que todos pagam na hora de comprar as coisas? Mesmo aqui neste sertão, que só tem as vendinhas miúdas, uma parte do café, do feijão, do queijo, da carne e da cachaça é do governo, pra que pelo menos uma parte volte para nós. Foi pra isso que a política se inventou.

Mas não adianta, moço. Todo aquele que entra na política sai diferente, esquece os que ajudaram a colocar o sujeito lá, passam a gostar é dos tais puxa-sacos, e se apegam aos que mais têm e mais exploram os coitados que nada têm. Pode ser que haja exceções, mas são bem raros, mais raros do que o ouro que brota no curral, que é um nome até que certo, curral, o que todo político monta pra guerrear com os adversários. É uma brigaria que só Deus pra dar conta. E uma fofocaiada que sai de baixo. É como o senhor me disse uma vez que veio aqui, um nome estrangeiro que resolveram dar pra isso que aqui conhecemos bem por outros nomes: fake news. Esse povo gosta de falar nomes de fora como se fosse novidade, mas aqui isso já é antigo, que nós chamamos de futrica, zunzunzum, candonga, que sai da boca dos línguas-sujas, dos boca-porcas, dos línguas-de-trapo, das alcoviteiras, este tipo de gente que se coça pra ver a lona esturricar.

Bem sei, meu senhor, é que é melhor se prevenir e não contar por demais com a expectativa. O cavalo do político tem montaria traiçoeira. O que o povo simples do sertão quer é que se cumpra o feito, o popular dito: "que ninguém é obrigado a prometer, mas se prometer é obrigado a cumprir". E não quer muito, diferente de lá de suas bandas, que todo mundo se endivida, quer tudo e acaba não tendo nada. Aqui por estas bandas, o povo só quer um pouco de trabalho, um dinherin no bolso, um tanto bom de diversão, uma casa pra morar, umas roupas pra vestir, e um tanto pouco de coisas mais para as necessidades e os prazeres, mas sem a ganância dos lugares urbanos. Aqui no sertão, mesmo sabendo que política é jogo de quem terá mais poder, o povo só quer é viver bem vivido, rezar pra sua santa, sem preocupar demais com as coisas.

Eu sabia que o senhor ia gostar dessa cachaça. Se não fosse a estranheza deste lugar para com o mundo, não ia ter ponto da Terra que não fosse dado à apreciação dessa cagibrina. Mas já me desculpando pela insistência do assunto, eu bato no prego até ele afundar na madeira quando a nossa conversa é sobre política. É que esta conversa é pra quem não tem pressa de terminar; é como sovar o pão: enquanto a massa não está do jeitinho que deve ser, não se deve levar ao forno, e paciência é coisa para poucos, principalmente lá de onde o senhor vem, onde as pessoas sofrem da doença da pressa, coitados. Têm tanta pressa de viver que acabam nem vivendo. Todo mundo caminha pro mesmo lado, num tamanho egoísmo que nem pra carona se tem boa vontade, cada um num carro, e aí, é carro entupindo as ruas que dá dó, ainda mais com aqueles carros de bicos compridos, difíceis de estacionar, heim? Só ajuda a entupir ainda mais as ruas que não cabem mais nada. Faltava mesmo é hélice de helicóptero pra que uns voassem por cima dos outros, tamanha é a pressa inútil desse povo. O negócio, moço, que a gente que é gente é muito mais burra que os burros. Não sabe o que é parcimônia, uns se entopem de terras que eles dizem que são deles, e outros que têm que caber uns doze num quartinho miserento. A gente nasceu pra desaprender a desviver nesse mundo de

Deus e do diabo, ou melhor, dos anjos todos, porque Lúcifer e Gabriel têm asas mas também não conseguem ver Deus. Ou conseguem, se ver Deus em todas as coisas. Vá saber qual é a verdade verdadeira?

Mas aí, veja bem! Como eu disse ao senhor, aqui, chamamos o prefeito de xerife, seja qualquer um que entrar. E tem alguma razão nisso. É qualquer um mesmo. Entrou lá, com o voto do povo, alguns dos votos, Deus lá sabe como, e logo o eleito se transmuta em xerife e escolhe seus comandados, estes, os puxa-sacos, que lhes dão serventia para as suas vaidades políticas. É isso, moço: o que move a política é a vaidade. Não tem chance de o xerife encontrar entre seus capangas alguém que lhe diga a verdade crua, sem tempero, no gole seco. O primeiro dom que o capanga tem que ter é o de ser puxa-saco, esse termo que vocês da urbanidade conhecem tão bem. O xerife nunca gosta da verdade; gosta mesmo é de quem abane o leque quando o mundo lhe abafa. É assim, nas bajulanças, que se forma a jagunçagem em torno do xerife.

Noutros tempos, o sujeito verdadeiro era capaz de enfrentar o chicote, ou de ser vítima dele. A verdade, moço, é que a verdade não é bem-vinda a quem se presta a entrar para a política. O senhor verá nestes tempos de eleição: sinceridade é artigo raro. Os currais se formam, e quem é parte do curral que está no poder está lá para transformar o jagunço-chefe em deus, em arcanjo, em santo, e quem está no curral da oposição se presta a dizer que o jagunço adversário é o verdadeiro demo, o tinhoso, o coisa-ruim, o capiroto.

E não é coisa nenhuma e nem outra coisa, mas na política não se anda pelos meios. Só se anda pelos extremos, pelo céu ou pelo inferno, e a virtude de um é o defeito do outro. O pior é quando inventaram a tal da reeleição. Sou contra, e vou lhe dizer o porquê: é que com a chance de o jagunço-xerife ficar mais tempo no poder, ele já vai pensando que a casa é dele, e que qualquer um que lhe atravesse o caminho e seja motivo de atravancagem já é inimigo, já brota sangue nos olhos e fogo pelas ventas. E ai do adversário que tiver coisa boa e que, pelos meios que a lei limita, tem que fazer acordo com o xerife. Eles até escondem o que vai servir de boa serventia para o povo humilde, tudo por medo de perder voto e dar voto para o inimigo.

Só sei, moço, que nada muda na política. Se por acaso houver mudança de governo, coisa que provoca pesadelos e insônia no xerife da ocasião, o que assumir vai agir igualzinho ao que sair. É por isso que eu sou contra essa coisa de reeleição. É para não acostumar demais com o poder, porque tudo isso é ilusório, e quanto mais tempo de ilusão, pior é para o povo, que fica refém deste poder que os jagunços acreditam que têm, e que acabam tendo, para a infelicidade dos bons e dos justos. Na política, o que tem é jogo, moço, só isso, e se o senhor ainda não aprendeu, sei que já sabe, vai saber que a justiça é para o bem ou o mal das conveniências, e nunca para a justeza das coisas que deveriam ser justas.

Mas vamos mudar de assunto pra não provocar enfado, falar de coisas mais desimportantes: já viu mulher satisfeita com a balança e com o espelho? Tem não, moço, e se tiver mais de três conformadas juntas, pode saber que é sonho ou fingimento. Mulher finge pra mulher que é uma beleza, né? Os olhos de uma mulher para outra mulher são diferentes dos olhos de uma mulher para um homem, mas os homens nunca vão entender as mulheres, o que, por sinal, é bom. Os homens, digo certo, não gostariam de saber o que as mulheres pensam sobre nós homens. E nas desalegrias das mulheres que os homens não têm ciência, há as que são gordas que querem ser magras, e as que são magras ainda teimam que são gordas. Estas magrelas, se engordarem suas magrelices, vão acabar virando linha, e de linha vira ponto, e de ponto vira vento. Eu prefiro mesmo as mais cheinhas, as rechonchudinhas, as que têm sustância e jeito de pega. Mas estas moças dos dias de hoje querem mesmo é magrice. Acham que homem gosta de mulher de passarela, como tábua, estas que depois da pele vêm os ossos, sem enchimentos entre meios.

Como eu ia dizendo ao senhor, desconfio muito bem desconfiado que mulher queira ser diferente por conta das outras mulheres. Mulher disputa é com mulher, não liga muito para o que o homem pensa. Pode até fingir, mas é assim que eu vejo. Finge se importar com a reprovação do seu homem, até a do homem das outras, que este não gostou do corte de cabelo curtinho, mas cortou curtinho mesmo é porque gostou do cortado da outra. Isso quando o homem bota reparo, pois esse reparo quase nunca existe, mesmo que a mulher queira e tenta mostrar pro homem que seu cabelo está diferente. O homem só bota reparo mesmo é quando não gosta do jeito que a mulher cortou o cabelo. Mas veja bem! Eu posso estar errado nisso tudo. É só pra fingir o jeito jagunço de existir, porque aqui somos jagunços e jagunças, mesmo não precisando de ser.

É assim, moço. O senhor, que é letrado mais que nós todos juntos, mas que aprendeu que o que se aprende está no mundo onde o mundo vira letra, sabe que não tem um igual neste mundo. Como ia dizendo, tem uns que nascem com toda a sorte que uma pessoa pode ter; nascem com tudo do bom e do melhor, e outros que nascem na maior miserência, e nestes lugarejos de muito mato e muito frio, moço, dá uma pena danada. Na cidade onde eu morava tinha um bairro pobre que ficava no alto do morro, e no frio, o senhor nem queira saber, era um sofrimento só. Naqueles casebres entrava vento pra tudo quanto é lado, cheio de crianças mal dormidas que mal tinham roupas, um vento gelado que parecia o sopro medonho do tinhoso, um vento uivado como um lobo solitário, um vento tão covarde que meu coração cortava só de pensar que aquelas crianças poderiam virar picolé de tanto frio. Mas pelo menos sempre hão de existir almas boas que levam cobertores e agasalhos para estes menininhos que são anjinhos de Deus. Mas pera lá! Estou dizendo é das almas boas de verdade, estas que não enchem o peito pra dizer de caridade. Isso é picaretagem e politicagem, até pra justificar as covardias que fazem com os empregados da casa, mais escravos que empregados. Destes outros, são demônios que se vestem de santos, com auréola e vestimenta de santo, igualzinho nas procissões de Semana Santa. Lá pelas suas bandas tem, e aqui também. É do homem a fantasia de hipocrisia.

E apesar d'eu morar neste lugar que nem existe no mapa, esteja assim certo, moço, que tenho meu radinho de pilha e a minha televisão velha, e desse jeito fico sabendo o que está acontecendo no mundo. E aí eu vejo por este som e esta imagem que parece que vem do além, que tem muitos que se acham deus, que estão certos em tudo, e que brigam por conta até de um osso que nem cachorro quer. Eu ficava no pensar disso, até que um menino, daqui desta terra invisível, desenhou um número na areia. Aí ele me pediu para ficar de um lado e perguntou que número eu enxergava. Eu disse seis. Depois me pediu para ir do outro lado do desenho e perguntou qual era o número. Eu, já estranhado, tentando entender aquele menino, disse, desconfiado, que era nove. O mesmo desenho, olhe bem, moço, eram duas coisas ao mesmo tempo. Era o mesmo desenho, mas de um jeito que era outro desenho, e foi naquele dia que o menino sábio me mostrou que nenhuma verdade é verdadeira em si. E é uma coisita boba em si, veja só! A sabedoria é assim, aparece sem rodeios nas coisas mais simples.

O senhor é motivo das alegrias por estas bandas, nesse sem-mundo, esteje certo! O senhor é um desses tiquitinhos de alma que se aconchega neste lugar sem existência, esse pedacinho de terra que nunca teve um descobridor. Aqui, nesse cantinho, esse Deus que todos falam é de paz, não é esse Deus de guerra, não senhor, neste lugar dos poucos de paz, e por isso, um lugar desescobrido.

É assim que sou de paz, moço, com todo mundo, com os da família, os colegas, as amasiadas, os amigos, os animais, as plantas e a terra, e até com os inimigos. Mas se entenda com o senhor, na sua consciência, que chega a vez d'a vida cruzar a gente com a guerra, e por isso chega o dia que vosmicê tem que vestir as vestes de um soldado, encarar no fundo dos olhos da guerra e enfrentar a guerra neste campo de batalha que ninguém sabe aonde dá.

Não tem ninguém nascido, desnascido ou que vai ser nascido que não sente o bafo quente da guerra, essa guerra, saiba o senhor, moço, que começa é de nós com nós mesmos, e depois de tanta guerra de tudo e de qualquer jeito, até que se achegue à guerra do povo, a mais difícil, pois dito feito, a sua guerra contra ti pesa na guerra do povo. Mas se chega, no repente, a guerra do povo, aí ocê encara. Encara, com sangue nos olhos e braveza sem medo no coração, porque medo não cabe quando não há escapulida da guerra.

O sujeito perde a razão quando perde o senso de justiça, e quando isso acontece, a guerra fica assim, para aqueles que são de guerra e para os outros que são de paz, essa paz que o senhor sente aqui, tomando café com mandioca derretendo na língua, feito tudo nesse fogão velho, mas com lenha boa, fumegando as paredes e limpando a sujeira da alma. É que a guerra não é motivo de existir, e o senhor não precisa fugir desta tal guerra, porque nem jeito de fuga tem, não, não senhor, mas que se caminhe sempre, se guie assim, pelas trilhas da paz.

As pessoas dos lugares que existem estão perdidazinhas, não sabem o que está acontecendo de verdade, porque a verdade, inté já disse, é troço que não se diz, a verdade traz temor, e todo mundo se acomoda na mentira que finge que está tudo certo com os homens de bem. O povo ainda não entendeu o sertão, moço, porque o sertão não é este lugarzinho que mais no longe do tempo era sertão dos brabos, de muitos tiros, jagunços, putas e coronéis. O sertão salta a cerca da porteira e vai para os cantos do mundo, vazando no mundo, entra em cada qual porque a guerra deste mundo é a guerra do sertão.

A ilusão acalma os seres perdidos nas cidades como a cachaça falsa que a maioria bebe, não essa que o senhor aqui bebe, que é da boa e de verdade. A ilusão é bebida que desce queimando a garganta e espalhando na mente como tinta na espuma. Bom mesmo é calar, não desse jeito de agora, onde o senhor se achegou e já tem hora de retorno, mas depois que estiverem somente vosmecê e sua consciência, sós e nus, um cheirando a pele da outra, a outra a pele do um, e sentindo o cheiro do mundo fora do sertão. É esse o momento que cala. Quando assuncê tem um romance com a sua consciência, e esses dois, ti e sua consciência, se viram um em perfeito acasalamento.

Pra ser jagunço nesse mundo, moço, tem que ter disposição pra encarar a fuça do dragão. Acabou essa história de jagunço homem. Jagunço é qualquer um que existe, homem, mulher, jagunça, jagunçadas de todas as cores, pois o sertão, este dragão, é o motivo da guerra, a todos os que são de paz. É assim, meu senhor, que siga, envolto em guerras, mas pelo caminho da paz.

E sobre Deus, moço. Veja bem! Cada um vê de um jeito um Deus que é só um, e este Deus, este tal que ninguém vê, são tantos que nem sei qual é o certo. Mas todo Deus que existe é de valor, até mesmo para estes que não acreditam em Deus nenhum. Eu gosto muito das rezas da igreja, mas até acredito, meio desacreditado, nesta tal reencarnação. O padre falou que o destino de cada um ou é o céu ou é o inferno. Mas como sempre tem um meio nos extremos, inventaram o tal do purgatório. Mas eu acredito. É melhor! Pode até ser que não exista meio voltar de novo, mas se tiver, pode ser bom para quem é pobre voltar rico, e quem é rico voltar pobre. Só para outras experimentações, o senhor me entende! O que podia mesmo é quem é homem voltar mulher, e quem é mulher voltar homem, pra ver o que é ser gente de sexo diferente. E quem está no meio da pobreza e da riqueza, talvez precise voltar pobre ou rico, assim, sem meios termos! Seria bom, apesar de que lição não há. Ninguém até hoje pode dar certeza do que foi antes da sua nascença. Quem sabe as pessoas, depois da morte, se virem árvores, peixe ou até formiga. Se eu pudesse escolher, o que não escolheria era voltar barata. Tenho certo nojo. Certo não! Muito nojo! Prefiro até voltar lesma, que a ninguém faz mal. Se bem que é assim. Quem faz mal mesmo somos nós, bicho homem. Talvez fosse melhor voltar barata do que homem, que também não faz mal. Só traz nojo.

Daí foi que entendi, pela maldade, que ao mesmo tempo em que Deus criou o homem, o homem criou Deus. Deus não tem culpa de nada que o homem faz, mas pra justificar o que o homem faz de mal ao outro homem, o homem criou Deus a sua imagem e semelhança. Isso é meio esquisito, moço, mas é assim mesmo. Veja que o homem cria governo, precisa do governo, ou como já lhe disse, eu acho, que a política criou o homem, e sendo assim, depois, diz que nenhum presta. Governo, num é assim que funciona, bem sabe o senhor sabedor, mas pra mim serve pra fazer o desigual menos desigual ao outro, porque se ninguém pode ser exatamente igual, que pelo menos o que é muito desigual fique menos desigual pra que as sofrências do corpo se aliviem pelo menos um pouco. É que algumas sofrências nem precisariam existir, pois nessa Terra ainda tem lugar pra todo mundo. Não é mas deveria ser assim.

Veja bem, mire-se nisso: o senhor chegou até a estas terras deslembradas sem a sela do acaso. O acaso só existe por ignorância, moço. Não foi por acaso que o cavalo de vosmicê quase foi picado por uma cobra. O mundo é como um beco sem saída, onde todos um dia se encontram. Não tem escapulida, nem mesmo o senhor vindo parar aqui neste fim de mundo misturado com poeira e mato. A cobra estava no caminho porque ali era casa dela, e quem invadiu a casa da cobra foi o senhor e seu cavalo. Não que o senhor tivesse que pedir licença à cobra. A casa também é do senhor, mas as guerras existem pelas descombinações. Do mesmo jeito que a casa é da cobra, é do senhor e de tudo o que existe neste mundo. O que está para cima do mundo, este céu que alumeia as estrelas da noite e o sol do dia ajuntado com a lua que dança no céu, que ora enche até ficar cheia de luz, e ora se esvazia até virar uma napazica de nada no lado escuro da luz, esse mundo, acima deste mundo que o senhor pisa, isto não está no controle. Mas este mundo que todos pisam, nadam, voam e enfiam debaixo da terra, este mundo carece de sabedoria de cada coisa que encontra vida para conviver tudo junto debaixo desse teto de céu.

Contava meu pai, quando aqui era sertão brabo de jagunçagens, que no meio da mata havia um monstro que saía do pântano cheio de sapo e vagalume e assombrava os viajantes que passavam pelas matas, estas veredas que têm entranhadas no cerrado e que um dia foi habitado por índios, que por serem seres das matas, aprenderam a desencantar deste monstro. Este monstro era o comedor de história. Era um monstro que não tinha aparência de feio. Na verdade, esse monstro mais encantava do que assombrava. O assombro vinha era depois, depois d'o monstro comer a história da memória das pessoas. Estas gentes, quando se deparavam com este monstro, sentiam um cheiro de quaresmeira, só o cheiro, igual cheiro de flor de cemitério.

E depois de seguir o cheiro, as pessoas se deparavam com o monstro. Um monstro sem parecença de monstro, um ser que voava pelo ar como estes gênios da lâmpada, o senhor sabe bem como é que é. Aquele cheiro dopava as pessoas depois de passarem pelo cheiro inalado como cheira uma rosa vermelha, destas rosas molhadas de orvalho que soltam um cheiro tão bom, que é como uma mulher cheirosa de vestido vermelho disposta a seduzir e a arrebatar. Aquele cheiro era o feitiço do monstro, moço. Depois de sentir o cheiro, as pessoas perdiam a memória da história, dos antepassados, dos causos contados pelas velhas e velhos sábios e pelos livros, e assim, se perdendo na história, se perdiam em si mesmos. As pessoas, moço, quando perdem a história, perdem a noção de quem são, fazem falso juízo de si mesmas, desentendem que elas existem ali porque teve uma história lá atrás.

Eu nunca vi este monstro, moço, mas por certo ele existe até hoje. Veja aí, os meninos. Eles já não sabem que os postes que alumiam as cidades são feitos de história, que o asfalto, essa coisa que forra o chão e que substituiu a poeira por cheiro de borracha, é feito de história, e que a história é feita de tijolos de uma construção incerta, mas que jamais acaba. Só se o mundo acabar. É uma construção que o motivo d'ela existir não é a construção acabada. Ela traz o motivo de existir é na própria construção. Tem um preto velho que mora neste mundo desalembrado que é o sábio que ajuda a gente não sentir o hálito deste monstro comedor de história. Ele ajunta nós todos, este tiquitin de gente que mora neste lugar desexistido, e conta histórias da época dos nossos avós e tataravós, e nestas histórias, os de poder e os que viviam nas asas dos de poder, querendo ou não querendo. A pessoa que se perde na história, moço, é um sujeito que vira zumbi, anda pela rua morto, mas acha que é vivo. Né não! É só um morto que nas veias jorra sangue morto. Assim digo: a uns, Deus castiga com a vida; a outros, Deus premia com a morte.

Agora, o problema do homem macho, meu senhor, é mesmo o tal do poder. Pra ter poder na mão, o homem tem que ser macho, e nos dias de hoje, são poucos os que estão dispostos a serem machos. Mulher fêmea no poder não combina, teria que ser mulher macha, pelo menos acho eu, uma macha diferente destes machos daí. Os homens, nas suas machezas das prepotências, têm medo de mulher no poder, porque mulher, e eles sabem disso, quando pega uma coisa pra fazer, faz melhor do que qualquer homem na Terra, e com uma vantagem; estas mulheres fêmeas mais fêmeas que o macho mais macho costumam não se venderem por nada neste mundo, enquanto os machos do poder sabem se vender, e costumam até se vender barato, de tão bestas que são. Sei que estou sendo injusto, é pra preservar, mas acho eu que mulher é muito cheirosa pra entrar no poder, apesar de uma mulher que conheci há uns tempos, muito tempo, não ser das mais cheirosas. Ao contrário, larguei dela por conta de que não suportava o cecê. Mas nessa coisa de macho, quando eu falo de macho, não estou aqui falando destes machos que batem em mulher fêmea. Não, não senhor! Estes não são machos coisíssima nenhuma. Quando eu falo de macho, eu falo de caráter, estes que são capazes de chorar por uma poesia, chorar pela mãe, por um cachorro, por um gato ou um galo, de alegria de ver uma criança que nasceu, e até por um amor perdido, destes que não têm vergonha da lágrima que escorre. Esses aí, moço, é que estão faltando. As pessoas que tomam conta dos governos só querem mais e mais e mais e mais, parece mesmo é um buraco que não tem fim. Isso é que a gula, moço, pois se existe um mundo falso é porque existe um mundo verdadeiro, entende? Mas as pessoas, parece tudo, gostam mesmo é do mundo falso, igual como acontece no Japão, como vi na minha televisão velhinha. Lá, naquele lugar do outro lado do mundo, os homens machos estão preferindo bonecas que se parecem com mulheres, tem pele de mulher, tem tudo de mulher, mas não é mulher. É só uma boneca.

E como o senhor já não pode mais esquentar lugar aqui, então que vá com Deus. Mas veja o que é que eu digo. Parece que todos bebem dinheiro, tamanha é a sede. A alma destes está nas contas, e se tem algo que pode fazer faltar estrada é a falta de alma nos homens sem macheza. E se caso um dia o senhor voltar, que o senhor volte como chegou até aqui, de paz, pois se no resto do mundo as pessoas brincam de guerra, nós aqui, que já nascemos na guerra, gostamos é de brincar de paz. E assim é, moço, as coisas deste lugar, que se contar que existe, ninguém acredita. Talvez o senhor encontre o diabo no meio do caminho. Ele está sempre disfarçado de Deus, e este que é o perigo. É pelos caminhos que o senhor encontra o diabo, mas saiba! O diabo mesmo é coisa que está em cada homem e cada mulher. Ou mais na mulher do que no homem, porque quando uma mulher cisma de endiabrar um homem, não há Deus que dê conta. Homem vira diabo é por conta do dinheiro, por conta até de um relógio, mas mulher tem mais arte pra virar diaba, o senhor se vá com esta certeza. E olha! Não se atreva a cruzar o caminho de uma mulher endiabrada. São mais justas e mais vingativas, e por isso até mais perigosas que o próprio diabo. Na verdade, o diabo não oferece perigo nenhum. O que tem perigo são as coisas que os homens fazem pelo poder e pelo dinheiro. Isso é que tem que ser o tal do diabo para o homem.

Antes de pegar seu rumo, toma mais um dicadin de cachaça pra esquentar o peito. E que o senhor volte um dia pra nós prosear. Falta tanta gente pra uma boa prosa, como está feita esta com o senhor, que os ouvidos até sussurram um com outro enquanto a língua deita falação. E se um dia se lembrar de nós e quiser voltar, pode até ser que o senhor já não me encontre. Mesmo assim será bem recebido. E se lembre sempre do que eu disse ao senhor, sobre os homens, sobre as mulheres, sobre Deus e sobre o poder. Todos estes foram feitos para descombinar, porque não há jeito de combinação onde, para bagunçar, no meio tem o diabo.

HALGUÉM

O meu nome é Halguém. Nome de batismo, dado por meu pai, que desde antes de eu nascer, queria que eu fosse alguém na vida. Meu pai gostava de nomes com H. Achava que o H representava homens com agá maiúsculo. Meus irmãos chamam-se Hélcio e Helvira, apesar da contrariedade da minha mãe. Ela queria que os nomes deles fossem escritos Élcio e *Elvira*, sem agá. Cresci sob o chicote do *bullying*, pois, por causa do meu nome, eu era o centro das chacotas na escola. Diziam que eu seria o primeiro Halguém que não seria alguém. Contavam que era melhor que meu pai tivesse colocado meu nome como Ninghém, com agá. Assim, sentia a ausência de alguém em mim, um alguém com agá, o mesmo agá que me suprimiu a vontade de ser alguém. Por isso, só consegui ter dois amigos: Zumbigo e Godivino, crescendo complexado, atarantado e atormentado. Meu maior medo era ser um ninguém, e o pior, sem agá.

Mais eis que num momento, simplificando o complexo, resolvi ser alguém, pelo menos para honrar meu nome com agá. Ser alguém para mim significava ser bem-sucedido na vida, ter carros, imóveis, ter um bom emprego, uma boa renda e ostentar os bens materiais adquiridos. Por ser assim, resolvi ser doutor. Fiz faculdade de medicina, mesmo sem ter talento para tal. Tinha pavor de cadáveres. Por isso, foi difícil me formar. Passava sempre beirando nas disciplinas e, algumas, repeti por mais de uma vez. Mas, mesmo com todas as barreiras, me formei como médico e, mesmo carregando aquela cruz injustificável, adquiri bens materiais de forma considerável.

Os meus amigos Zumbigo e Godivino tomaram outros rumos. Zumbigo, aparentemente, não queria nada com a vida. Não se importava em ser ninguém. Era tocador de violão e gostava das madrugadas. Nunca conseguiu adquirir nada, nem bicicleta. Só andava a pé! Gostava mesmo é de conversar consigo mesmo, caminhando quase sempre sozinho, viajando somente em seus pensamentos. Quase nunca ouvia o que dizíamos a ele. Estava sempre ocupado demais naquele diálogo do eu com o eu. Godivino, por sua vez, resolveu virar político. Narcisista incorrigível, vaidoso, buscava ser o centro das atenções como um buraco negro. E quis tanto ser político que conseguiu se eleger primeiramente vereador em nossa cidade. Crescemos amigos e, às vezes, nos encontrávamos. Era um diálogo de surdos, surdos de alma. Eu, apesar de ser médico, carregava, no percurso da minha existência, o fiel complexo de inferioridade. Tinha tudo do bom e do melhor só para mostrar aos outros. Vivia em função dos olhos das pessoas, mas não conseguia olhar para mim. Não era feliz! Godivino, quando nos encontrávamos, gostava de falar somente de si. Exaltava-se pelos seus feitos, mesmo que vários (ou quase todos) fossem realizados pelas falcatruas. Zumbigo, mesmo dotado de uma bela voz, era mudo ao mundo. Nem prestava atenção em nossa conversa, mas, quando empunhava o violão, quebrava o ritmo da nossa desconversa. Tocava e cantava com maestria e virtuose, puro encantamento.

O meu pai, enfim, se orgulhava de mim. Falava com todos que pelo menos alguém em sua casa virou gente, gente com H. O meu irmão Hélcio era carroceiro e teve cinco filhos. Aos olhos sociais, havia uma contradição, pois embora fosse carroceiro, era feliz, apesar da dificuldade de criar a família com pouco dinheiro. A minha irmã Helvira, pela maldição do agá aos olhos do meu pai, era lésbica. Morava com outra mulher e nem ia à casa dos meus pais, porque meu pai a renegava. Já a minha mãe, mesmo submissa, era sensível e nos conhecia por dentro. Aceitava com naturalidade a relação de Helvira com a companheira, e de vez em quando as visitava, levando seus deliciosos bolos de fubá. E sem meu pai saber, sugeriu que elas adotassem uma criança, alguém que necessitava de um lar para ser alguém. Minha mãe, sábia, sabia que eu era o mais infeliz dos irmãos, apesar de ser o bem-sucedido, sabe-se lá o que este termo quer dizer; o que significa que não significa o que diz: bem-sucedido. Ela não falava nada. Nem precisava! Seu olhar dizia tudo. E às vezes me dava colo. Este era um dos raros momentos em que eu, Halguém, me sentia alguém.

O tempo foi passando e as coisas foram acontecendo. Godivino virou prefeito da minha cidade e, quando virou prefeito, também virou as costas para os amigos. Virou as costas, mas adorava dar tapinhas nas costas dos eleitores. No fundo, era um virtuoso ator. Queria ser deputado, governador, presidente e, cá com meus botões, se pudesse, seria Rei da Terra. Zumbigo continuou o mesmo. Seus cabelos começavam a embranquecer, mas ele era aquele, duro, sem-vintém, não conversava, não olhava, não tocava, não trabalhava, aliás, nunca trabalhou fichado, nunca teve a sua carteira de trabalho assinada. Nem sei se, ao menos, tinha carteira de trabalho, pelo menos naquela época em que carteira de trabalho valia alguma coisa. Só caía na real quando o estômago roncava, e aí pegava uns bicos. Tocava em bares e, quando tocava, levava um público cativo. Era um show, mas ele não se importava com isso. Não era importante para ele se gostavam ou não. Tocava para sobreviver e para o seu prazer, e o seu prazer se transmitia ao seu público fiel, um prazer contagiante.

E eu, que viajava para a Europa todos os anos com a minha família, era infeliz. Sim! Consegui casar e ter filhos, um casamento de fachada. A minha relação com meus filhos era burocrática, e com a minha mulher, aliás, minha mulher que nunca foi minha, era dentro das conveniências sociais, este teatro que Godivino representava tão bem. Mas nem nossas viagens me traziam prazer. Ir ao Louvre era um porre. Detestava obras de arte. Aliás, nunca soube o que era arte, nunca senti arrepios ao me deparar com qualquer obra, nem mesmo me orgulhava dos meus feitos médicos. Nestas horas, pensava eu: "Se Godivino não fosse político, certamente seria médico só para contar vantagem dos seus feitos". Pensando bem, se Godivino fosse médico, ele escolheria quem deveria viver e quem deveria morrer. Melhor nem pensar nisto.

Mas um dia resolvi levar Zumbigo numa destas viagens onde todos se divertiam, menos eu. Aliás, meus filhos não foram desta vez; só a minha esposa, Zumbigo e eu, uma viagem em que Zumbigo nada falou no avião, mas se deleitou na janela quando havia nuvens e o Oceano Atlântico às suas vistas do dia, e na tela da sua poltrona à noite, assistindo vídeos de músicas africanas. Desde o aeroporto, não deu outra! Zumbigo se apaixonou com o ar da arte nas ruas europeias. E como não se importava com nada, por mímica, pediu um violão emprestado a um dos músicos que tocava nas ruas de Milão. Minha esposa se encantou, ajudou Zumbigo a convencer o músico da rua a emprestar o violão, e em pouco tempo, o chapéu que ficava ao lado lotou de moedas e notas de euro e dólar. Zumbigo disse ao neo-colega músico, também por mímica, que tudo era dele, e este pediu para que fizessem parceria. Ele aceitou, logicamente, com um aceno. Eu sentia uma espécie de asco por aquilo, eu, sempre muito higiênico, vendo aqueles dois como mendigos de luxo nas ruelas de Milão tocando violão. A minha esposa se apaixonou por Zumbigo. Carecia ela de alguém que tivesse alma em sua vida. E pela primeira vez, Zumbigo se apaixonou, uma paixão do tamanho do cosmos, pela minha esposa. Nem se importou se eu me importaria. Aliás, acho que eu, Halguém, deixei de ser pelo menos um alguenzinho para ser absolutamente ninguém. Pela primeira vez, por ironia do paradoxo, me senti alguém, traído e machucado, como qualquer alguém se sentiria.

Resolvi voltar antes e deixei minha esposa com Zumbigo. Deixei não, eles me deixaram como se deixa um vazio no lixo invisível. Zumbigo, que falava só consigo, encontrara alguém que penetrou o seu inquebrável eu. Resolveram ficar pela Europa vivendo de música pelas ruas, e eu, doído e percebendo que havia alguém em mim, procurei Godivino para conversar. A situação dele não estava boa. Foi denunciado por desvio de verbas públicas, propinagem, lavagem de dinheiro, e mais tantos e tantos; estava prestes a ser preso. Quando toquei a campainha da sua casa, um novo Godivino, desbrilhado e cabisbaixo, se apresentou. Chamou-me de amigo, palavra que fora desmanchada com borracha do seu dicionário escrito a lápis. Sentamos, nós dois, isolados do mundo, e trocamos lamúrias. Godivino caía em si, espelhava seu eu que refletia em mim, e disse que o deus que se apoderava de si como se fosse o próprio era mais diabólico que o diabo, enquanto eu, que pelo agá, perdi a noção de ser alguém, alguém com um sincero Agá maiúsculo, um alguém sem qualquer pretensão de um H de Holofotes, que nunca necessitaria de ser mais do que alguém, como qualquer outro alguém.

Enquanto isso, eu, este Halguém, em meio às trocas de lamentações e o choque de realidade de um deus que nunca existiu em Godivino, me lembrei de Zumbigo, um maestro das artes, que estava lá, do outro lado do oceano, provavelmente, como num lago, mergulhando com maestria no umbigo daquela que um dia nunca foi minha esposa.

A VIDA OCULTA DE HERMIONE

A Meritíssima Juíza de Direito Hermione Iolanda Rocha era afamada pela extrema dedicação à profissão – a que tratava como um sacerdócio –, e se destacava por ser implacável nos casos em que havia vítimas mulheres. Era tida como feminista, e os homens que se apresentavam diante dela como réus sempre temiam o seu veredicto, pois era sabido que ela carregava a mão nas sentenças que aplicava contra estes que cometiam algum crime contra mulheres. Era dito que a doutora Hermione era solteirona, e corria na boca miúda que ela tinha um caso com outra mulher, mas nada se sabia ao certo sobre isso, pois, além do mais, ela carregava outra característica: era uma mulher extremamente discreta quanto à sua vida pessoal e não revelava a sua vida íntima a ninguém, nem aos funcionários do Fórum, seus colegas, nem mesmo aos mais íntimos ela dava o gosto de fazer com que soubessem o que se passava em sua vida extratrabalho. O que se sabia é que ela morava em um apartamento em Belo Horizonte, mas não se sabia nem onde se localizava, pois o seu endereço oficial era o da casa de seus pais, mas ela não morava no endereço declarado.

Aos seus quatorze anos, Hermione nutrira uma paixão adolescente e proibida. Uma jovem sonhadora e graciosa estudante aplicada, e que nunca tivera problemas na escola. Era a caçula de uma família que tinha dois irmãos homens que a protegiam e tomavam conta dela como se fosse um cristal raro e quebrantado. Os irmãos tinham muito carinho por ela, mas a sufocavam pelo excesso de cuidado e zelo. E além da escola formal, frequentava assiduamente, já há alguns anos, um famoso instituto educacional, onde estudava inglês. Mesmo tendo somente quatorze anos, Hermione já se encontrava num estágio avançado do curso e dominava com segurança tanto a leitura, a escrita e a conversação da língua inglesa, pois começara desde os oito anos de idade. Nos dois últimos módulos, ela teve aulas com um professor que virou o seu fetiche amoroso. Hermione apaixonou-se perdidamente pelo professor de conversação em inglês Jacques de Aguiar, quatorze anos mais velho do que ela – o dobro da sua idade na época –, e a sua vida e a sua forma de pensar foram moldadas por essa paixão proibida.

Nessa época, Hermione caminhava pela Rua da Bahia, no centro de Belo Horizonte, junto com Ana Cláudia, sua colega e confidente, a caminho do prédio onde funcionava o curso de inglês.

— Nunca gostei tanto de estudar inglês como estou gostando agora, miga. Acho que tô apaixonada pelo Jacques... — disse ela a Ana Cláudia, tratada por ela como Cacau.

— Mas ele é muito velho, Hermione. Pega leve, porque ele não é pro seu bico, não.

— Acho que é igual vinho. Quanto mais velho, mais gostoso... Adorei quando ele tocou violão e cantou a música *More Than Words*, do Extreme, no final da aula. Que delícia de voz, que delícia de homem. Queria que ele fosse o primeiro homem da minha vida...

— Tá tomando remédio de doido? Até concordo que ele é uma gracinha quando canta e toca as músicas que ele passa para nós, mas quem te disse que o vinho, quando fica mais velho, fica melhor? Eu sei é que quando o vinho fica velho, vira vinagre.

— Pelo que aprendi com meu pai, precisamos cuidar do vinho, não deixar o vinho no sol. Tem que guardar a garrafa num ambiente escuro e fresco... do jeito que sonho com Jacques. Ia cuidar dele direitinho, como se fosse vinho. Hummmm... penso nele em todos os momentos. Queria ele só para mim... em minhas mãos, ele não vai virar vinagre nunca!

— Nossa, miga, que paixão é essa...

— É mais do que paixão, Cacau. É amor, que veio de presente do céu pra mim.

— Mas ele nem sabe desse amor...

— Se ele ouvir o meu coração, que vira um tambor quando chego perto dele, aposto que ele vai entender direitinho.

Deram boas e sonoras gargalhadas. As pessoas olhavam aquelas adolescentes, algumas, principalmente as senhorinhas, com reprovação pela descompostura de duas jovens que andavam pelas ruas da capital. Mas não estavam nem aí! Ou melhor, no fundo, faziam questão de se mostrarem, como toda adolescente, dizendo a todos que também eram parte do mundo.

A cabeça de Hermione funcionava dia e noite com o objetivo de arranjar um meio de se encontrar com Jacques a sós. Mas ela era muito tímida. Estava completamente apaixonada pelo professor, mas morria de vergonha e de medo de ele descobrir esse amor.

Por outro lado, queria uma oportunidade. Sabia que ele era solteiro e que morava sozinho em um apartamento no bairro Floresta que pertencia ao pai dele, cuja família morava no interior, em Araxá, e que o pai o comprara para que os filhos pudessem morar e estudar em Belo Horizonte. Jacques era o filho mais novo, assim como Hermione, e passou a morar sozinho depois que o seu irmão mais velho, que era engenheiro, foi embora trabalhar em São Paulo; e a sua irmã, que se formou em medicina, foi trabalhar em Betim, cidade vizinha a Belo Horizonte.

E a despeito dos seus quatorze anos, Hermione sentia intensamente a mulher que nela irrompia. Apesar do seu espírito adolescente, que fazia emergir todas as fantasias que misturavam os instintos de menina-criança e mulher-adulta, Hermione sentia o fogo dos desejos sacudir a sua estrutura feminina, provocando desequilíbrios cada vez maiores na criança que abandonava o seu ser. Flagrava-se se imaginando aos beijos com Jacques. Esses pensamentos faziam o corpo se aquecer, e ela tremia como num terremoto. Essa transformação precoce em mulher provocou uma revolução em seu eu. Não entendia isso na época, mas o professor-homem Jacques de Aguiar passou a ser a sua obsessão desse processo revolucionário. Tudo era muito conflitante. A sua família era muito conservadora e eles jamais poderiam saber que ela nutria essa paixão pelo professor, de idade tão acima a da dela. Os conflitos se aguçavam, pois, apesar desse conservadorismo, vivia as influências de uma revolução de comportamentos que o mundo atravessava, e o sexo e os relacionamentos eram vistos com o olhar da liberdade e da libertação da prisão da rigidez comportamental. Uma semente rebelde crescia em si, e o foco do seu desabrochar, da descoberta e do encantamento com a sexualidade brotante pelo olhar de uma mulher-menina cosmopolita mirava-se em Jacques de Aguiar.

Naquele dia, Hermione descobriu um jeito de se aproximar dele. Quando a aula terminou, Ana Cláudia e ela, como sempre, saíram da escola com ele. Nestas tentativas de se aproximar, perguntou se ele não dava aulas de violão. E por uma extraordinária coincidência, ele disse que iria começar, pois acreditava que tinha potencial para formar uma boa clientela e que necessitava de obter uma renda extra, pois a vida na capital estava ficando cada vez mais cara, a inflação galopava e as contas estavam ficando apertadas. Ali se formou o álibi! Mas havia uma barreira: como convencer os seus pais, principalmente a mãe, que era muito rígida, a fazer as aulas de violão com Jacques? Quando criança, seu pai queria que ela tocasse piano, certamente para satisfazer seus insaciáveis desejos de ostentação do status social: queria ver sua filha se apresentando em recitais de piano e aplaudida pela emplumada burguesia belorizontina, mas Hermione não sucumbiu, não se interessou nem um pouco, apesar de ele insistir até a exaustão. Então, primeiramente, precisaria da ajuda de Ana Cláudia, e a forma era fazê-la entrar na aula junto com Hermione, pois assim afrouxaria a resistência dos seus pais. Sem titubear, falou que Ana Cláudia e ela fariam aulas de violão, e simultaneamente beliscou o braço dela, sem que Jacques pudesse ver, para que ela não contradissesse a sua proposta. Apesar do "ai" que soltou, ela entendeu logo e concordou.

Aquele momento não podia ser desperdiçado. Assim, marcaram logo a primeira aula, que aconteceria uma semana depois. Foi a semana mais longa da vida de Hermione. Quase morreu de tanta ansiedade. Também não foi fácil convencer a sua mãe. Por sorte, ela era uma boa filha, comportada, e ainda havia um bom violão em sua casa, que ninguém tocava, novinho e que estava encostado. Ninguém mostrou talento para a música naquela família, e desta forma, Hermione conseguiu romper as primeiras barreiras que lhe fariam estar perto do amor da sua vida. Não era o ideal do seu pai, mas se conformou ao imaginar que pelo menos a filha caçula tocaria algum instrumento. Imaginou, sem romper o claustro da intimidade, que depois do violão, quem sabe, a filha se interessaria por tocar piano.

Nas duas primeiras aulas, Ana Cláudia foi com Hermione, mas ela não estava estudando violão. Só ia para acompanhá-la, porque senão um dos seus irmãos logo iria querer ir no lugar dela para levá-la, cumprindo esta obsessão da superproteção. E Hermione estava aprendendo direitinho. Jacques, assim como no curso de inglês, era um professor que tinha muito talento para ensinar violão e, além do mais, mesmo que discretamente, Hermione sentiu que ele começou a se interessar por ela, pois o carinho com que a tratava era notório e diferenciado. Ana Cláudia percebeu logo, e um dia comentou:

— Miga... O professor tá ficando caidinho por você. Eu vejo o jeito que ele te olha, o jeito que ele te trata... se ele se apaixonar, o que vai fazer?

Hermione ficou toda ruborizada e abriu um sorriso até no canto da boca. Seu coração, como os corações apaixonados, acelerou. Ficou muda por alguns segundos, pois esse era o seu sonho: conquistar o coração de Jacques. Num arroubo, respondeu:

— Sei lá! Eu caso com ele, eu fujo com ele, vou até para o inferno com ele. Eu amo aquele homem. Não entendo por quê, mas tô completamente apaixonada por ele.

E num histórico dia, as emoções causavam-lhe turbulências mentais e corpóreas. Talvez, imaginou, estivesse em seu período fértil, e por isso se sentia bonita e sedutora como se sentem as mulheres nesses períodos. Entrou no ônibus carregando o violão e foi sozinha para o apartamento de Jacques. Suas mãos suavam. Sentia calores circulando pelo corpo e calafrios na barriga. Por alguns momentos, pensou em voltar para trás. Omitiu da sua mãe que sua amiga não iria com ela naquele dia, pois a mãe de Ana Cláudia não a deixou sair por estar fortemente gripada. Saltou do ônibus e, trêmula, caminhou em direção à aula de violão. Titubeava em um caminhar lento, antevendo que aquele dia seria especial. Subiu as escadas do prédio até chegar ao apartamento, que ficava no segundo andar. Tocou a campainha com as mãos molhadas de tanto suor. Seu rosto pegava fogo, e sentia vermelhidão em sua face. Quando Jacques abriu a porta, ficou muda! E ele também! Olhou-a estático e admirado antes de convidá-la a entrar. Hermione entrou, ele fechou a porta e perguntou:

— Sua amiga, Ana Cláudia, não quis vir?

Hermione lhe explicou as razões, percebendo que ele também estava completamente desajeitado. De forma atabalhoada, começaram a aula, e Hermione sentiu a sua respiração ofegante, assim como a dele. Concentração para a lição do dia era coisa que faltava, e aquela aula nunca fora tão improdutiva. Depois de uns dez minutos de uma tentativa frustrada de aula, enquanto ela tentava fazer um acorde no violão, ele pegou de leve em seus dedos para a auxiliar. Hermione perdeu o controle! Tentou falar alguma coisa, mas gaguejou tanto, que nada saiu. Esboçou um leve sorriso sem graça, e ele, num ímpeto, levou as suas mãos grandes em seu queixo, conduziu seu rosto levemente em direção ao dele, aproximou da sua boca, e lentamente começou a beijá-la. Foi um beijo demorado, leve, onde se tocavam somente pelos lábios. Eram beijos quase estáticos e, enquanto beijavam, Hermione se sentia nas nuvens, e o coração parecia querer saltar do peito. Enquanto o beijava, sentia vontade de sorrir. Acontecia uma grande festa em sua alma, uma apresentação de um grande espetáculo pirotécnico. Depois de um tempo de beijo, ele começou a alisar o seu rosto, e ela, instintivamente, laçou uma das suas mãos na nuca de Jacques, enquanto a outra segurava o violão. Aquele beijo dilacerava magia e envolvia o seu ser. Depois de alguns minutos de beijo, em lampejo de lucidez, Jacques soltou-se dos seus lábios, e num ímpeto, disse:

— Que loucura! Isso não podia acontecer, mas eu não consegui evitar. Aliás, eu tenho evitado e não consigo afastar meus pensamentos de você. Há vários dias que a minha mente me prega surpresas, lança meus pensamentos a você sem que eu possa controlar e deter.

Hermione perdeu o rumo e o prumo. Não conseguia falar um "a". Olhou nos olhos dele, e depois, tomada pela timidez, olhou para o chão. Queria que a beijasse outra vez, pois era só o que queria: que aquele beijo não tivesse fim. Jacques pegou em sua mão e olhou em seus olhos.

— O que faremos? Eu sei que isso é proibido, que não podia ter acontecido, mas aconteceu. Só te peço uma coisa, então: que fique só entre nós! Se a escola fica sabendo, eles podem até me expulsar.

Num raro lampejo de ousadia, Hermione se impôs:

— Ninguém vai ficar sabendo, te juro! Mas vou te pedir uma coisa... me beija mais...

Jacques a olhou surpreso. Titubeou, mas, em seguida, atendeu ao seu pedido e novamente a beijou, depois de ela encostar o violão num canto da parede ao lado do sofá. Foram longos minutos, mais de meia hora de beijos, muitos, muitos beijos... Pararam por alguns momentos para respirar. Ele foi à cozinha, trouxe um chá de romã e depois se beijaram mais e mais. Naquele dia, em momento algum Jacques tentou avançar o sinal, e esse gesto multiplicou o encantamento de Hermione por ele, apesar de misturar um pouco de decepção instintiva, pois ela estava louca de desejos. A aula foi para o espaço e, quando se aproximou o fim, Jacques sentenciou:

— Vamos ter que parar por aqui! Daqui a pouco chega o próximo aluno. Mas eu queria ficar aqui com você eternamente. Estou muito confuso, mas não tenho como negar: foi muito bom!

Hermione saiu do apartamento como um passarinho voando, de tão leve. Desceu as escadas do prédio como uma bailarina, sorrindo um sorriso largo, de felicidade plena, e mal podia conter a ansiedade para contar o feito a Ana Cláudia. Naquela altura, já se encontrava irremediavelmente apaixonada por Jacques, e ela não sabia como deveria se comportar quando se encontrasse com ele novamente. Chegou a sua casa completamente aérea. Sua mãe a notou diferente, mas não desconfiou de nada.

Naquela noite, quase não dormiu, imersa naqueles momentos maravilhosos com Jacques. Era mesmo um sonho, viver aquele dia especial. E mesmo dormindo pouco, acordou com uma felicidade estranha às pessoas da sua família. Talvez, sem ainda acordarem para a consciência, perceberam alguém diferente nela. De manhã, foi à aula, e quando encontrou Ana Cláudia, levou-a para um canto e contou o que aconteceu. Ela quase não acreditava, tapava a boca com as mãos, soltava risadas e dava pulinhos adolescidos perante aquela "aula de amor". Hermione pediu a ela que jurasse não contar a ninguém, e que aquele acontecimento era segredo delas. Uma infinidade de perguntas desbarrancou da mente de Ana Cláudia.

— Você vai se encontrar outras vezes com ele? Vai se encontrar escondida? E as aulas de violão, como vão ser?

Hermione não sabia responder. Aquelas perguntas inundaram dúvidas e questionamentos. Brilhou algo ainda não imaginado: a continuidade da sua relação com Jacques de Aguiar. Apreendia um aprendizado importante sobre relacionamentos. A magia do primeiro encontro, do primeiro toque, do primeiro olhar, do primeiro beijo, da primeira carícia... sonhos sonhados na alma feminina como eternos. Não quereria Jacques como um homem fortuito em sua vida, mas como o homem da sua vida! Um homem que pouco conhecia, que mal trocaram, antes, algumas palavras, alguns olhares e alguns flertes. Não sabia como dar continuidade àqueles encontros, e avistou que assumir um namoro com Jacques seria transpor desafios e barreiras assustadoras, e num primeiro momento, intransponíveis. Hermione gelou perante aquelas perguntas que sacudiram a sua psique. Idade, família, sociedade, amizades, escola... assumir seu romance com Jacques era tarefa inglória, a cruz era pesada. Aquelas perguntas a empalideceram. Um leve choro e algumas lágrimas se derramaram sobre o seu ser. Ana Cláudia tentou consolá-la. Hermione abriu-se a ela sobre seus novíssimos temores, heranças de uma paixão avassaladora e cruel, e Ana Cláudia jurou estar com a amiga em todos os momentos angustiantes. Sem sentir a dor latejante, Hermione acabara de ultrapassar da fronteira criança para o universo mulher. O choque da percepção incidiu imponente, implodindo a estrutura infantil, e o broto da mulher-fêmea se desabrochava em flor. Dali para a frente, nascia, vivia e frutificava a mulher Hermione.

Na noite da terça-feira, Hermione foi à aula de inglês. Via-se aplacada por uma angústia visceral. Seu coração quase implodiu quando

Jacques entrou na sala de aula, e a sua discrição a deixou frustrada. Pareceu não haver nele o ontem. Mas, no seguinte, discretamente, lançou-a olhares, tímidos, mas certeiros como o salto de um felino, e renascida, a sua alma jubilou-se. E, desde então, uma anomalia apoderou-se da sua mente. Faltava-lhe concentração para os estudos, e esse fator poderia lhe causar problemas, pois as suas intensas divagações amorosas iriam refletir nos resultados escolares, e as suas notas sofreriam declínios no boletim. Mas Jacques evitou falar com ela. Não se inconformou! Imaginou que ele encenava indiferença para preservá-lo e preservar aquela relação recém-nascida, por conta dos olhares fulminantes, rápidos como um flash de uma máquina fotográfica, mas implacáveis como o choro de um bebê.

Entregou-se a esta verdade somente no início da outra semana, longuíssimos dias, quando foi a mais uma aula de violão no apartamento de Jacques. Ana Cláudia foi com ela, mas não subiu ao apartamento. Aquela estratégia foi uma combinação entre elas, e Ana Cláudia ficou no saguão do prédio, onde levou livros e material escolar. Hermione subiu as escadas como na última vez, trêmula e suando as mãos. Enquanto subia, rezava uma oração surda. Ao se aproximar da porta do apartamento, as suas pernas bambearam. Mais uma vez, tocou a campainha. Jacques demorou uns cinco segundos para atender, parecendo eternidade. Quando ele abriu a porta, seu coração capotou na curva. Igualmente, sentia as bochechas queimando. Num cavalheiresco gesto de braços e mãos, a convidou para entrar. Com um enorme carregamento de timidez, entrou, e ele fechou a porta. Nada falou, só a abraçou e a beijou. Somente, era o que queria: que a beijasse! E, diferentemente, aquele beijo aconchegou fogoso, na volúpia de desejos represados há dias. Os seus corpos se atracavam e se encaixavam, ainda em pé, mesmo sendo ele bem mais alto do que ela. Beijavam caminhando em direção ao sofá. Como robôs programados, foram se ajeitando, e logo Hermione se deitou por cima dele. Ininterruptamente aos beijos, ele desabotoou a sua blusa, e os seus seios, que eram bem rijos, geometricamente torneados e que estavam em fase de crescimento, ficaram cobertos apenas pelo sutiã. Ela estava vestida com uma saia, e as mãos dele logo alcançaram as suas coxas, branquinhas e lisas. Sentiu em suas coxas todo o desejo viril daquele homem pelo qual se apaixonara, e aquele estado fálico e rijo a encabulara. Sentia desejos que jamais experimentara, e aquela sensação era fulgurosa. As respirações ofegavam além dos limites. Pela primeira vez, Hermione degustava beijos ardentes, nos quais as suas línguas brincavam e molhavam a boca de um com a saliva do outro. Num gesto ousado, Jacques apalpou as suas nádegas, e logo se esfregavam. Ele beijava a sua orelha, o seu pescoço e a sua nuca, e ela se sentia enlouquecida por desejos jamais imaginados. O ritmo dos corpos aumentava e acelerava, e a pressão que atracava as regiões entre as pernas aumentava freneticamente. Mesmo de roupas, Hermione sentia todo o furor de macho daquele homem entre as suas pernas, como se quase não houvesse barreiras de panos entre os órgãos sexuais. Aqueles momentos foram tão intensos e beirando o irreal que depois de pouquíssimos minutos encontraram o orgasmo, sincronizado e intenso, mesmo sem tirar as roupas. Desaceleravam pouco a pouco, sem parar de beijar, até que, num gesto, ele a virou de lado e eles deitaram lado a lado, entre olhares e carícias. O cheiro de sexo exalava naquela sala, e Hermione sentiu que em suas coxas algo molhava e grudava a pele. Sem se levantar, Jacques sugeriu que ela fosse ao banheiro para se limpar, enquanto ele iria ao seu quarto se arrumar. Levantaram do sofá com vergonha, e ele andava meio de lado, junto com ela, até chegar frente à porta do banheiro. Hermione entrou no banheiro e limpou, pela primeira vez, os líquidos resultantes do puro êxtase, mesmo não havendo nada que selasse a união carnal entre um homem e uma mulher. Demorou mais do que o necessário no banheiro, olhando-se no espelho e rindo calada, mas incontida, feliz por sentir e realizar desejos tão profundos e novos ao seu corpo. Saiu do banheiro e voltou para a sala. Jacques estava lá, de roupa trocada, a esperando. Desde então, deram-se conta de que estavam unidos, fatalmente, às amarras do amor e da paixão. Formavam um novo corpo romântico, um casal de namorados, ocultos enamorados. Hermione despediu-se dele diferente, como namorada, e Jacques como seu namorado. Um novo código de convivência se estabeleceu, mesmo sem trocar sequer uma palavra. Os seus olhares e as suas consciências ditavam o que não necessitava ser dito, e aquele namoro foi estabelecido sobre as regras da clandestinidade. Hermione desceu aquelas escadas se sentindo uma nova pessoa, ainda estranha ao seu ser, exuberante e cheia de vida. Encontrou Ana Cláudia e, enquanto caminhavam, contou tudo o que aconteceu. E quando ela contava os novos fatos para a sua amiga, percebeu ciúmes. Mesmo incomodada com aquela percepção, que vinha à sua mente nos panos de fundo da consciência, resolveu ignorar...

A semana foi longa e insone. A família começou a perceber algo alheio em Hermione, e mesmo velado, passaram-na a observar amiúde. Mas como não havia noção do que se passava, as aulas de violão com Jacques não eram alvo de desconfiança. Jacques e Hermione estavam prestes a explodir. Não aguentavam mais ficar longe um do outro, e depois de três dias da última e fictícia aula de violão, Hermione recebeu um bilhete de Jacques, passado por ele no cursinho de inglês, ao fim da aula, de forma discreta, debaixo de um exercício que fora corrigido por ele e entregue para cada aluno. No bilhete estava anotado o seu telefone e os seguintes dizeres: "Não aguento mais de saudade. Estou apaixonado por você, Hermione. Só penso em você e quero encontrá-la novamente, o mais rápido possível. Quando puder, me ligue! Espero ansioso! Jacques de Aguiar".

Hermione ficou desconsertada. Suas faces pareciam dois vulcões, e quem ousou olhá-la naquele momento, com certeza desconfiou de algo. Sentia-se ruborizada e rindo sem sentido aparente. Tremia dos pés à cabeça, e aquele bilhete veio como um sonho difícil de acreditar que tudo aquilo era real. Eram emoções quase insuportáveis para uma menina de apenas quatorze anos, e naquela sexta-feira ela voltou para casa como um pássaro que só queria voar, voar... Como sempre, Ana Cláudia e ela voltaram juntas, e Hermione mostrou a ela o bilhete. Ainda não percebia, mas começava a ficar nítido que Ana Cláudia experimentava sentimentos mistos de ciúmes e inveja. Já não demonstrava euforia. Mas no torpor que a paixão por Jacques a proporcionava, tudo era festa, e a sua defesa e os seus cuidados estavam desguarnecidos. Chegou a casa ainda mais aérea do que fora nesses últimos dias, e as pessoas da sua família olhavam-na sem entender. Naquele momento, tinham certeza de que algo estava acontecendo, mesmo que não conseguissem perceber o que se passava. Foi deitar, e mais uma noite longa e insone se passou. Seu corpo experimentava revoluções abismais, que a empurravam velozmente à preparação para se transformar em mulher-fêmea, do macho que a esperava, Jacques de Aguiar. Mesmo com mil vergonhas e encabulamentos, resolveu ligar para ele no sábado de manhã. Saiu de casa e foi até a esquina, onde havia um telefone público. Assim que ele atendeu, Hermione quase perdeu a fala. Gaguejou e custou a se controlar. E assim que ele reconheceu a sua voz, falou, sem meios termos:

— Hermione... como eu esperava pela sua ligação... eu quero você! Quero tanto me encontrar com você, o mais rápido... não quero ficar longe de você nem mais um minuto.

— Eu também te quero, Jacques.

Hermione nunca imaginou criar coragem de dizer isso a ele. E os dois primeiros minutos de conversa foram de pura bobeira, uma conversa de duas pessoas apaixonadas, no mundo da lua, onde não sabiam o que falar para o outro, e ao mesmo tempo só queriam estar ali, eternamente em contato um com o outro. Após este tempo de pura viagem espacial, Jacques resolveu avançar e propor:

— Vamos nos encontrar hoje?

Hermione pediu um tempo para pensar, e resolveu:

— Pode ser, mas tem que ser entre seis até no máximo dez. Vou dizer lá em casa que tenho um trabalho em grupo a fazer e vou combinar com Ana Cláudia para dizer que vamos juntas, só para não sujar pra mim, beleza?

— Tudo bem! E eu espero que Ana Cláudia seja sua amiga de verdade e de confiança, pois, como você sabe, é importante para nós, pelo menos por enquanto, que ninguém saiba do nosso namoro, para a nossa própria felicidade.

A menção da palavra "namoro" por Jacques a deixou ainda mais aérea e transtornada. Hermione era a sua namorada, e aquela palavra mágica confirmava. Acertaram o encontro e Hermione ligou para Ana Cláudia em seguida, pedindo e implorando a ela que confirmasse o trabalho na casa de uma das suas colegas, caso precisasse. Ana Cláudia, pela primeira vez, chamou a atenção de Hermione. Disse que estava perdendo a noção do juízo e que ela deveria tomar cuidado com Jacques, pois ele poderia querer se aproveitar dela e depois a largar. Hermione ficou um pouco decepcionada, mas achou que era uma espécie de cuidado com ela, por ser a sua melhor amiga. Não foi fácil convencer a sua mãe de que teria que sair para fazer esse "trabalho" na casa da sua amiga. Hermione pediu e insistiu com ela para que ela ligasse para Ana Cláudia e confirmasse. Ela não ligou, pois a sua veemência teatral foi convincente. Arrumou-se toda, tomando o cuidado para não sair muito produzida e não levantar suspeitas junto aos seus pais e irmãos. Mas levou em sua mochila uma saia bem curtinha, entrou em um restaurante perto do apartamento de Jacques logo depois do ponto de ônibus em que desceu, foi ao banheiro e se trocou. Fez questão de se apresentar sensual e provocante para ele, exibindo as suas coxas cada vez mais volumosas e bem torneadas. Alguns garotos que se encontravam perto desse restaurante, inclusive, assoviaram e mexeram com ela ao observarem aquelas belas pernas, expostas a quem quisesse olhar e apreciar. E mais uma vez, lá ia ela ao encontro do seu amado. Mais uma vez, as suas vísceras digladiavam na região abdominal, e mais uma vez ela tremia e suava frio enquanto subia, degrau por degrau, a escada que a levaria ao paraíso.

Tocou a campainha e, quando Jacques abriu a porta, um cenário romântico assaltou os seus olhos. As cortinas da sala estavam fechadas e um abajur compunha o cenário à meia-luz. Em volta da sala havia pétalas de rosas espalhadas pelos móveis e pelo chão, e uma música especial vinha do canto, que se apresentava como um tapete vermelho estendido naquele cenário preparado para o acasalamento de duas pessoas que se encontravam perdidamente apaixonadas. Aquela música a tocava com a força de uma ventania. Era *Endless Love*, de Lionel Richie – canção que lhe encantara desde a primeira vez que ouviu, na voz de Lionel Richie e Diana Ross. Hermione foi levada a um estado de transe, pois ela não se cansou de escutá-la nesses dias. Seu sonho era viver esse amor sem fim com Jacques, e aquela música embalava o sonho que vivia a cada instante das vinte e quatro horas dos seus dias. Uma vontade de chorar invadiu sua alma. Sabia que sairia uma nova pessoa – uma mulher – daquele apartamento, e assim que entrasse, estaria se despedindo do restinho de menina que ainda habitava em seu ser. Mas não havia medo ou arrependimento. Seu peito parecia o centro da Terra escorrendo o magma, de tão quente que estava. Depois de todos esses questionamentos, desse reconhecimento de ter alcançado a fronteira revolucionária da sua vida, entrou. Jacques a puxou, com todo o cuidado de um perfeito *gentleman*, fechou a porta e começaram a dançar. Hermione vivia um conto de fadas. O sonho do amor perfeito estava acobertando todo o seu ser.

Naquele momento, Hermione já pertencia ao seu grande amor, Jacques de Aguiar. Naquela dança erótica, começaram a se roçar. Jacques trajava uma fina bermuda de nylon, e as suas pernas friccionavam proporcionalmente aos desejos que se tornavam exponencialmente gigantes. A dança se misturava com os beijos, inúmeros beijos em um único beijo, um beijo apaixonado, sentido a cada milímetro daqueles lábios, um beijo sem pressa, mas quente como o sol. As mãos de Jacques, como uma sonda, exploravam o seu corpo ainda virgem, e revelavam a insanidade se apoderando de Hermione, numa intensidade incontrolável. As suas mãos tocaram os seios dela, ainda cobertos pelo sutiã, depois de ele desabotoar a sua camisa. Com movimentos suaves, Jacques o desabotoou quando a sua mão alcançou as costas dela. Mansamente, ele retirou o sutiã e o jogou no sofá, e em seguida, tocou as suas mãos em seus seios. Atingiam, assim, o auge da loucura erótica! De repente, ele começou a beijar os seios de Hermione, e uma forte onda de calor circulou em seu corpo. Sentia-se totalmente molhada. Estavam se extasiando. Mansamente, Jacques pegou na mão de Hermione e a conduziu até o seu quarto. Tudo estava preparado para aquele dia extraordinário. Havia uma essência de algo que ela não saberia dizer o que era, mas o cheiro que exalava naquele quarto amplificava seus desejos, tão novos para ela quanto o mundo para um bebê. A cama, uma cama de casal, estava forrada por um lençol sedoso e macio, cor-de-rosa, com travesseiros de fronhas novinhas, também cor-de-rosa. Depois de entrar no quarto, Jacques sentou-se na cama, e enquanto ela permaneceu em pé, ele alisava as suas coxas e a sua bunda, e devagar, tirou a saia dela. Hermione ficou com vergonha, mas no flutuar do beijo, o seu embaraço desaparecia. Quase que por encanto, evaporava! Com um carinho especial e mágico, a deitou na cama. Hermione foi se atrevendo mais, e as mãos dela alcançavam o corpo de Jacques e as suas partes mais íntimas. Vagarosamente, se embolavam naquele lençol macio, e os seus corpos se encaixavam numa impressionante perfeição. Aos poucos, foram se desnudando, até não haver mais qualquer peça de roupa que pudesse separá-los. Aqueles toques pele a pele eram verdadeiros flashes do Éden. Jacques demonstrava a perfeição de um homem carinhoso e cuidadoso com uma mulher.

Ele sabia que Hermione era uma menina virgem, e por isso se tornava ainda mais especial. E por saber da sua virgindade, Jacques agiu com extrema calma e habilidade, não se preocupando em penetrá-la com afobamento. Ao contrário, procurava excitá-la até o limite possível, e assim foi. E num dado momento, Jacques, por cima de Hermione, olhou-a nos olhos, beijou-a na boca, e tornando a olhar profundamente em seus olhos, disse, com olhar de paixão:

— Hermione! O meu amor por você é maior do que podem suportar as minhas forças, é maior do que qualquer tentativa tola de resistência, maior do que qualquer sensatez e dogma social. O amor que tenho por você é maior do que eu. E tudo o que acontecer daqui para frente, saiba, é e será fruto do nosso belo amor.

Aquelas palavras eram as chaves que abririam definitivamente as portas da alma e do corpo de Hermione a Jacques, e ele entrou derretendo como uma barra de chocolate. Jamais imaginou ser possível viver algo tão sublime. Apesar da sua inexperiência e da outrora virgindade, Hermione teve vários orgasmos, sensações que ela não conhecia ainda. Nas suas descobertas sexuais da adolescência, experimentou, no máximo, sensações gostosas ao se tocar. E depois daqueles únicos e inesquecíveis momentos de uma mulher, dormiram um pouco, abraçados, como dois velhos amantes que ainda não eram.

Aterrissar era a última coisa que ela queria depois de acordar neste novo mundo. Queria era dormir com Jacques, respirar o mesmo ar que ele inalava, fundir-se a ele. Mas atinou: era preciso voltar ao velho mundo, e ela precisava dar conta dele. Aos poucos, entre beijos e afagos, voltaram à realidade nua e crua. Tomaram banho juntos, um banheiro pequeno, mas que os coube de forma perfeita, como perfeito fora tudo naquele sábado inesquecível, o dia que Hermione se transformou em mulher, em uma fêmea, possuída por um macho irresistível e sedutor. No banheiro, lavavam-se, brincavam com o sabonete, esfregavam seus corpos escorregadios. E sem que houvesse algum plano, terminaram por fazer amor, mais uma vez, naquele pequeno banheiro. Tudo era novo para ela, tudo era encantador, e a descoberta da plenitude dos desejos sexuais a deixou alucinada, apaixonada, aficionada por aquele homem, o varão que a fez mulher.

Hermione jamais imaginou que despedir-se de Jacques seria tão dolorido, tão difícil... Vestiu-se com a roupa que saiu de casa. A roupa era a mesma, mas a pessoa era outra. Mesmo sabendo que iriam se encontrar outras vezes, e essa possibilidade de não se encontrarem mais estava fora de cogitação, Hermione parecia fitar o seu homem pela última vez. Desta vez, ele a acompanhou até o ponto de ônibus. Saíram de mãos dadas assim que deixaram a portaria do prédio. Ficaram juntos no ponto de ônibus, namorando por uns dez minutos, até chegar o veículo que levaria uma nova moradora para a sua velha casa. Beijaram-se intensamente assim que o ônibus parou, e ela percebeu que o motorista ficou impaciente por ter demorado uns dois segundos para entrar, aproveitando um restinho de beijo. Enquanto o ônibus arrancava, Hermione parou na roleta e ficou olhando Jacques, e ele a olhando, sem a perder de vista um instante sequer, até que a distância que apequenava em suas visões fez uma curva no trajeto daquele ônibus, até se perderem de vez... aliás, ela se encontrava achada, realizada, e o sonho que vivia não cessou diante da realidade do itinerário do ônibus que a levaria para a casa. Enquanto o ônibus circulava as suas rodas no asfalto da capital, Hermione voava, mais alto do que qualquer pássaro. Nem sabia, mas achava que dava risadas de êxtase; uma felicidade inigualável.

O sonho real era tão belo que o tempo que levou até chegar à casa nunca pareceu tão rápido. Na verdade, não queria chegar. Queria mesmo era dormir, acordar, passar os dias e depois dormir... acordar... e dormir com Jacques. Mas a realidade a trazia ao chão, e a fazia sentir pesadelos misturados aos sonhos mais belos. Como encarar sua família, que nem cogitava que aquela menina que entraria pela porta da frente não era mais menina, mas uma mulher plena e realizada pelo amor a um homem que eles nem imaginavam existir em si? Todos os conflitos do mundo assaltaram a sua mente a cada passo que dava, desde quando desceu do ônibus e caminhou para a sua casa. Andou passos lentos, tentando inutilmente fingir que nada de especial e único em sua vida acontecera há menos de pouquíssimos momentos.

Enfim, chegou! Todos estavam em casa, distraídos e relaxados. Não houve nenhum olhar estranho a ela, mas Hermione fantasiava, já, a condenação inevitável que a sua família a imporia. Os seus olhares, pelo relaxamento sonolento em que se encontravam, não a estranharam, mas o olhar dela, mesmo que não percebessem, revelou-se assustado e amedrontado, misturado contraditoriamente à felicidade celestial que vivia naqueles momentos. Rapidamente foi para o seu quarto, alegando um cansaço surreal travestido pelo fictício trabalho escolar. Deitou-se, já na solidão libertária da sua cama, e o travesseiro foi seu companheiro dos sonhos acordados que se realizavam espontaneamente e sem controle ao lado do seu amado. O travesseiro moldava o seu amante, e os beijos, afagos e o cheiro da pele do seu macho estavam impregnados em sua pele e em sua alma.

Seus pensamentos a transportaram a mais um momento de intensa excitação sexual e, pensando em Jacques se fundindo em seu corpo, se masturbou e sentiu o gozo a realizando por três vezes naquela noite quase insone, até se entregar ao sono dos anjos jubilados pelo amor que usurpou o seu ser.

Pela manhã, acordou boiando. Era um domingo nublado, e Hermione só saiu do quarto depois de meio dia. Acordou pensando em contar a sua aventura do dia anterior para Ana Cláudia. Tomou um banho, um banho que não queria tomar, só para ter por mais tempo o cheiro do seu macho em sua pele. Mas, ao fim, se resignou. Dirigiu-se ao banheiro, e mais uma vez, sentindo a água quente escaldando o seu corpo, transportou seus pensamentos aos deliciosos momentos que a transformaram em uma mulher. Mais uma vez, sentiu Jacques em si, em lembranças quase reais.

Essas lembranças levaram as suas mãos entre as pernas, e naquele banho demorado e delicioso, mais uma vez se permitiu a um orgasmo que festejava a sua realização como mulher-fêmea. Saiu daquele banho demorado, leve como uma folha de papel, e enquanto a sua mãe terminava de preparar o almoço, naquele dia sozinha, pois a empregada estava de folga, telefonou para Ana Cláudia. Não podia se abrir demais, pois o seu pai, que estava na sala onde ficava o telefone, poderia desconfiar de algo. Hermione disse a Ana Cláudia que precisava encontrá-la para contar novidades, sem demonstrar o estado de júbilo em que a sua alma se encontrava. Almoçou, aérea, e os seus irmãos, sempre em tom de deboche, perguntavam quando ela aterrissaria. Assim que terminaram de almoçar, disse aos seus pais que precisava ir à casa de Ana Cláudia. Como ela morava relativamente perto, foi a pé, cantarolando como um passarinho. Chegou ao apartamento onde ela morava e, depois de cumprimentar seus familiares, foram ao quarto de Ana Cláudia, sentaram-se na cama, e Hermione logo começou a contar o feito que marcou a sua história.

— Cacau... tenho que te contar, miga. Ontem eu me encontrei com Jacques lá no apartamento dele. Foi tudo tão bonito, tão delicioso, todo clima, e nós... nós acabamos transando.

As feições de Ana Cláudia mudaram. Hermione percebeu que ela tentou dissimular, mas as mudanças foram tão rápidas, que não pôde deixar de notar, e logo perguntou:

— Não está feliz por mim? Estou me sentindo realizada. Fazer amor com o homem que eu amo, o meu primeiro e único homem da minha vida... você não é a minha melhor amiga? Queria que ficasse feliz como estou.

— Não é isso, miga. É que me preocupo com você... já pensou como vai ser quando sua família souber? Como você vai levar esse namoro adiante? E se Jacques não quiser mais nada com você? Será que ele transou com você só para conquistar mais um troféu? Você sabe que eu te amo e quero seu bem. Tenho medo de Jacques te iludir e fazer você sofrer...

Aquelas palavras deixaram-na confusa. Não sabia o que dizer... sentimentos ambíguos lhe assaltaram a alma. Amor e temor! Hermione descobriu que aquelas palavras andavam juntas, de mãos dadas. Mesmo assim, continuou a contar a sua grande aventura à amiga. Ela se descontraiu, riram muito, e Ana Cláudia relaxou dos temores que revelara por ela. Passaram a tarde juntas, e Hermione voltou para casa quase anoitecendo para se preparar para a semana da rotina.

E chegou terça-feira, dia da aula de inglês. Hermione, como sempre, ansiosa, roendo as unhas, unhas que quase não existiam, de tão roídas. Entrou na sala de aula suando frio e, como sempre, a sua barriga doía. Estava muda e, quando Ana Cláudia perguntava alguma coisa, ela pedia para repetir, às vezes mais de uma vez. Concentração zero! Poucos minutos depois, Jacques entrou na sala. Um sedutor irresistível, belo e imponente, um andar de príncipe, passos de leão. Ao chegar à sua mesa, com elegância, virou-se para elas, e imediatamente seu olhar a fisgou. Naquele dia, ele deixou cair o disfarce de a enxergar apenas como aluna. Olhou-a com olhos de paixão, a primeira grande bandeira que dera, mas ele parecia não se importar. Todos da sala, mesmo sem entender, perceberam o olhar fulminante lançado a Hermione, que correspondeu. Também não se importava com o segredo guardado entre três pessoas, Hermione, Jacques e Ana Cláudia. Não iria gritar com alto-falantes, mas já começava a não se importar se as pessoas descobrissem o seu segredo. Não era anunciado, mas já não era secreto. Jacques estava especialmente inspirado naquela aula. O seu desempenho em repassar o seu conhecimento foi tão brilhante que encantou todos, hipnotizados pela forma tão perfeita de ministrar uma aula. Jacques era um professor de que todos gostavam, mas aquele dia foi diferenciado. Parecia um artista de novela, um galã por quem todos se apaixonam. A paixão em Hermione, naquele dia, aumentou centenas de vezes. Não acreditava poder sentir uma paixão maior ainda, e que já era enorme desde quando fizeram amor pela primeira vez. Mas estava enganada! Ela não a viu no espelho, mas sabia que os seus olhos, fixos aos olhos dele, brilhavam como o brilho mais intenso de uma Lua Cheia. Sentia-se radiante. E ainda absorveu cada letra que pronunciou, cada gesto, didaticamente teatral, que o professor emitia. O aprendizado passou a ser um elemento da sua paixão por Jacques, e a partir daquele dia, Hermione passou a ser a melhor aluna do professor Jacques de Aguiar. A aula terminou e, imediatamente, quando ela saiu da sala, ele a esperava, mais uma vez a surpreendendo. Sem titubear, tocou nos seus ombros e olhou profundamente em seus olhos, também brilhantes.

— Quero que nos encontremos novamente. Quero namorar você e não quero mais esconder de ninguém. Eu te amo, e te quero como minha mulher!

Hermione desmoronou. Aquelas palavras mudavam definitivamente e irreversivelmente o curso da sua história. Entendeu, a partir daquele momento, um momento que também não imaginava que chegasse, que aquele dia, o dia dos seus sonhos, chegara! Aquele momento foi um instante de eternidade. Jacques ensaiou um beijo, mas depois se afastou e disse:

— Vamos nos assumir, mas com cautela. Não precisamos escandalizar as pessoas. Talvez seja melhor que elas percebam aos poucos. Quero conhecer a sua família, os seus pais e seus irmãos, e quero pedir licença a eles para que eu te namore. Se eu te quero, não importa os obstáculos que teremos, vamos enfrentá-los e vencê-los.

Novamente, Hermione bambeou! Cada palavra que Jacques emitia a causava uma revolução, uma revolução por cada palavra, cada gesto, cada respiração e cada olhar. Múltiplas revoluções por minuto, e a cada minuto ela se transformava em outra pessoa, uma pessoa que há menos de uma semana era somente mais uma adolescente sonhadora e ingênua, dentre tantas adolescentes sonhadoras e ingênuas que existiam naquela época. Calou-se, mas com o olhar fixo e grudado ao dele, Hermione soltou palavras desamarradas:

— Também te quero, assim desse jeito que você me quer, inteiro, e que todos saibam que estamos juntos porque nos amamos. Vamos conversar!

Lentamente, Jacques se afastou e mandou um beijo com as mãos. Hermione ficou estática, sem acreditar que teria capacidade de dizer aquelas palavras. Já não se reconhecia, e percebeu que teria que aprender a se conhecer daquela forma nova que se tornou o seu eu, como se tivesse renascida e virado outra pessoa. Precisava conhecer a mulher que nascera em si, e que aquela mulher, apesar de ter apenas quatorze anos, não era mais uma menina. Era uma mulher que sabia o que queria para a sua vida amorosa, e que a sua relação com a sua família, os seus amigos, os seus colegas e a sociedade seriam outras a partir daquele momento. Gigantescas angústias, como tsunamis, invadiam o seu ser. Como Hermione faria para existir como era necessário existir, sem máscaras, diante de todos, a começar pela sua família? Caminhou devagar à saída da escola, totalmente absorta naqueles pensamentos, até trombar em uma pilastra. Percebeu que algumas colegas e funcionárias da escola a observavam fixamente, com certeza por terem notado aquela cena flagrante que revelava algo mais que havia entre Hermione e Jacques. Depois do choque com a pilastra, se sentiu vermelha, deu um sorriso amarelo a todos que a olhavam, pálidos, e saiu depressa. Ana Cláudia a esperava na saída da escola, e claro, comentou sobre a bandeira que Jacques e ela deram, mas observou o mesmo que Hermione observou:

— Nossa! O que a paixão faz! O professor matou a pau, foi divino. Nunca assisti a uma aula tão gostosa como a de hoje. Toma cuidado, hein, miga, porque acho que todas as alunas se apaixonaram pelo professor.

Caíram na gargalhada. Mas eram gargalhadas diferentes. Enquanto Ana Cláudia ria da situação, Hermione ria de felicidade, por saber que aquele homem estava apaixonado por ela do mesmo jeito que ela estava apaixonada por ele. Sentia-se no paraíso, mesmo sabendo que teria que visitar o inferno várias vezes para conquistar esse paraíso definitivamente.

*

Ana Cláudia Abreu Antipoff era uma professora pós-graduada em educação infantil e trabalhava numa escola tradicional de Belo Horizonte. Tinha um cuidado especial com as crianças e exercia duas funções em suas atividades como educadora. Naquela manhã, ela recebeu um e-mail de um professor de matemática chamado Frederico, e que a procurou para lhe auxiliar a ministrar aulas de matemática às crianças. Frederico era um professor do ensino médio, e foi procurado por pais de alunos menores que queriam que ele desse aulas de reforço para os pequenos. Frederico morava em um distrito de uma pequena cidade próxima a Belo Horizonte, e o distrito, com pouco mais de oitocentos habitantes, carecia de professores na área. Frederico foi aconselhado por um colega a procurar Ana Cláudia, dizendo que a conhecia, e não teria melhor pessoa a ajudá-lo a desenvolver métodos pedagógicos voltados a crianças de tenra idade. Ana Cláudia respondeu ao e-mail de Frederico:

Olá Frederico. Será um prazer lhe ajudar no que for possível. Quando puder vir a BH, me avise. Se puder vir daqui a três dias, será ótimo. Não trabalharei à tarde, e podemos almoçar juntos depois do meu trabalho. Tem alguns restaurantes perto da escola e, assim, posso lhe encontrar depois que eu sair. Almoçamos enquanto conversamos. Se não puder, me diga, que marcamos outro dia. Abraços e obrigada por me permitir repassar alguns conhecimentos e experiências no ensino da matemática para crianças. Ana Cláudia.

Assim que visualizou o e-mail, Frederico respondeu a Ana Cláudia:

Bom dia, Ana Cláudia. Recebi com muita felicidade a sua resposta, e lhe agradeço imensamente por sua generosidade. Posso, sim, me encontrar com você na data que propôs. Sugiro que nos encontremos às 11h30 na saída da sua escola, e de lá você nos indica um local para almoçarmos enquanto conversamos. Para facilitar, estarei de camisa preta. Tenho certeza de que será muito proveitoso e ficarei eternamente grato com a sua ajuda. Passo-lhe também o número do meu celular, (...), caso haja um eventual desencontro.

Grande abraço

Frederico Zanon

Assim que respondeu ao e-mail, Frederico saiu para a escola. Mal chegara lá, ainda na sala dos professores uma funcionária responsável pela portaria disse a Frederico que um homem o procurava no lado de fora da escola. Ele foi à portaria e se encontrou com um oficial de justiça. Era uma intimação, e o assunto era uma denúncia contra ele apresentada por dona Dulce, mãe da sua namorada Vanderlúcia, ao Conselho Tutelar, por se relacionar com ela, sob a alegação que ele seduzira sua filha e que o relacionamento entre ela e Frederico não tinha o consentimento da mãe, e já com audiência marcada. Na ocasião, a pedido da coordenadora do Conselho Tutelar, o oficial de justiça informou que a juíza, a pedido da mãe, participaria da audiência como ouvinte. Frederico, assustado e preocupado, resolveu ligar para um amigo advogado, Lincoln Gallo, e depois de lhe contar a história, pediu para que Frederico o procurasse em sua casa depois da aula. Frederico saiu da escola e foi direto à casa do advogado Lincoln Gallo, que o recebeu na porta, e depois que o fez entrar e sentar-se na poltrona da sala, lhe passou um sabão:

— Como é que você me envolve com uma menina de quinze anos, Frederico? Você sabe muito bem que essa juíza é dura com quem se envolve em acusações de crimes contra mulheres, e você é um professor de matemática, de uma escola pública de segundo grau, cheia de meninas da idade desta sua namorada. Ela vai fazer de tudo para te escalpelar, e de quebra, pode comprometer até seu emprego.

— Eu sei disso tudo, Lincoln, e te juro que tentei evitar. Mas algumas coisas têm acontecido em minha vida, muito estranhas, nem queira saber, e eu me tornei refém de Vanderlúcia. Ela conhece segredos da minha vida que você nem sonha o que seja.

— E quais são esses segredos, Frederico? Você recebeu uma herança milionária?

— Não, Lincoln, não é isso. Sou obrigado a lhe contar este segredo, né? Eu sou o pai do irmão mais novo de Vanderlúcia. Eu transei com a mãe dela ainda quando o seu marido era vivo, uma noite apenas para nunca mais, e a mãe dela me pediu que aquele segredo não fosse revelado a ninguém, seria um problema monumental se o pai dela soubesse, sem contar com o escândalo que os parentes de ambos os lados fariam. Mas um dia, Vanderlúcia, escondida atrás da parede da sala da sua casa, ouviu uma conversa entre mim e a mãe dela, e era uma conversa sobre Virgílio, meu filho não assumido, e quando eu estava indo embora da casa, Vanderlúcia me parou na rua e disse que tomou conhecimento desta história, entrou no carro e me fez ir até a minha casa. Lá ela disse que estava a fim de mim e que queria ficar comigo. Me seduziu chantageando, e acabamos por ficar juntos, na clandestinidade, pois ela não queria que a mãe soubesse. Mas alguém deve ter nos visto juntos e nos entregou à mãe dela.

— E você acha que deve usar esta maluquice na audiência? Você acha que a doutora Hermione, justamente ela, iria engolir esta história? Aliás! Você acha que eu vou engolir esta história? Tá tomando chá de cogumelo e tendo alucinações, ô desgraçado? Mas, me diga! Sabe se alguém fotografou seus encontros?

Frederico respondeu que tinha quase certeza de que foram fotografados em meio a uma cena erótica, e que, nesta altura, deveria haver provas mais que suficientes. Lincoln balançava a cabeça e coçava o queixo enquanto Frederico pormenorizava o seu relacionamento com Vanderlúcia.

— Vamos fazer o seguinte: você vai declarar na audiência que ama essa Vanderlúcia, e eu vou pedir que o Conselho Tutelar ouça a menina. Ela tem mais de quatorze anos, e nesse caso ela pode confrontar com a mãe e dizer que quer se relacionar com você, que é vontade dela e que não foi pressionada. Aí cê vai ter que assumi-la perante a sociedade. O problema não é nem a pena. A juíza não vai poder te mandar pro xadrez, mas ela pode queimar seu filme na escola. Essa juíza, e você tá careca de saber, não deixa barato, e você, sendo um professor de escola pública, é um prato cheio para ela mostrar quem bota ordem na casa. Você não tem muitas alternativas além dessa de assumir a garota. Pela lei, na faixa de quatorze a dezesseis anos, você só pode ser inocentado se houver consentimento dos pais para o relacionamento, que a filha não fora vítima de crime de sedução e que ela o escolheu livremente. A sua saída é assumi-la, e torcer para que a Meritíssima não tente endurecer com você, o que é pouco provável. Mas o fato de você querer assumir a garota, e se precisar, de um depoimento dela favorável a você, pode nos levar ao sucesso nesta empreitada. Mas lembre-se! A doutora Hermione não vai deixar barato, e nós enfrentaremos uma pedreira.

*

Frederico chegou a BH com folga para o horário do encontro, mas mesmo assim resolveu ir logo para perto da escola onde Ana Cláudia trabalhava. Na mensagem que ela enviou ao seu celular, disse que estaria com uma blusa amarela, e como ele estava de preto, como combinado, Frederico imaginou não ter dificuldades de encontrá-la.

Em poucos minutos, Frederico chegou ao portão de entrada da escola. Não demorou, e os alunos começaram a sair. Era um dia gostoso, com poucas nuvens no céu e temperatura amena. Muitos pais esperavam os filhos, e as inevitáveis filas duplas de carros se formavam. Frederico olhava fixamente para a porta da escola, esperando o momento em que Ana Cláudia aparecesse. E nem passaram dois minutos, apareceu uma mulher clara, cabelos castanhos claros um pouco ondulados até o pescoço, trajando-se de amarelo. Era Ana Cláudia. Ela vinha devagar, conversando com outra mulher, e calmamente dirigia-se ao portão. Quando ela viu Frederico, o reconheceu logo. Despediu-se da mulher que a acompanhava e caminhou em sua direção. Aproximou-se e disse:

— Você, com certeza, é o Frederico — estendendo a mão para lhe cumprimentar.

— É um grande prazer conhecê-la pessoalmente, Ana Cláudia.

— Vamos a um restaurante aqui perto. Gosto muito da comida de lá, tem muitas opções de poucas calorias. Você sabe! Nós, mulheres, depois dos quarenta, precisamos nos cuidar mais, porque a balança é cruel, e retomar a forma é uma tarefa quase impossível.

Ana Cláudia se mostrou uma pessoa bem-humorada. Não diferia muito de quando ainda era adolescente. Chegaram a um restaurante self-service, um lugar agradável, e depois que se serviram, Ana Cláudia tratou de escolher um lugar mais afastado para conversar tranquilamente.

Como Frederico era íntimo da área, abordou logo as dificuldades no ensino da matemática para os alunos, e disse que a procurou porque não havia muito tempo e disponibilidade para procurar outros métodos ou alguma especialização, e por isso pediu apoio. Ana Cláudia discorreu com brilhantismo sobre as técnicas de ensino de matemática aos alunos mais novos, e disse que os professores pecavam ao não transformar a matemática em algo agradável. Contou que teve dificuldades em matemática na escola, que tinha um gosto especial por conhecer outras línguas e que falava inglês fluentemente, mas teve que reaprender matemática de uma forma lúdica para repassar às crianças, e, por fim, o aconselhou a voltar a ser criança, ter empatia com a criança que habitava em si para que Frederico tivesse sucesso em lecionar para elas.

Ana Cláudia e Frederico conversaram sobre muitas outras coisas, mas Frederico estava encasquetado com a audiência que enfrentaria em poucos dias. Tornaram-se íntimos em pouco tempo, até que Frederico a confidenciou sobre a sua preocupação com a audiência que viria. Sem contar sobre o seu envolvimento com Vanderlúcia, contou a Ana Cláudia que enfrentaria uma audiência no Conselho Tutelar, que a juíza da comarca de onde ele morava era muito dura e cruel com os homens, e acabou dizendo o nome: doutora Hermione.

Ana Cláudia emudeceu. Tomou outros ares, e seu semblante mudou. Frederico não entendeu, ficou esperando ela dizer algo. Depois de alguns longos segundos, ela perguntou:

— Qual é o nome completo desta juíza?

— Hermione Iolanda Rocha, respondeu Frederico.

Ana Cláudia esbugalhava os olhos enquanto Frederico descrevia os traços físicos de Hermione para não haver dúvida de que se tratava da mesma pessoa. Envermelheceu, emudeceu, ficou patologicamente muda, e depois de mais alguns longos segundos, disse a Frederico:

— Não é possível! Como pode haver tantas coincidências assim?

Frederico ficou aéreo. Não entendia o que se passava, até ela pronunciar?

— Hermione e eu éramos as melhores amigas quando tínhamos quatorze anos.

Frederico a olhou assustado. Naquele momento, era ele quem não acreditava em tantas coincidências. Pensava: "como pode?".

Os olhos de Ana Cláudia estavam ardendo de tanta vermelhidão. As lágrimas desciam como tempestade por seu rosto. Sentia-se presa a uma armadilha. Não havia como abandonar a conversa. Havia muita coisa a desvendar desde este momento em que soube que Hermione, a sua melhor amiga, era juíza, e que morava em uma cidade perto de Belo Horizonte. Depois de experimentar o furor das novidades, Ana Cláudia resolveu se abrir a Frederico:

— Não acredito!... Hermione se tornou advogada? Jamais pensei que ela pudesse se formar em Direito. Achei mesmo que ela se tornaria professora de inglês — comentou Ana Cláudia, caindo na risada, descontraindo-se da tensão que prevalecera durante toda a conversa.

— Estou mais surpreso com você agora. Pensei que soubesse mais sobre a doutora Hermione.

— Não se preocupe, pois o que saberá de mim será suficiente para entender o que se passou, mas pelo menos satisfaça mais esta curiosidade, este bichinho que corrói toda mulher. O que aconteceu para você parar no Conselho Tutelar?

Atendendo ao pedido de Ana Cláudia, Frederico contou que se envolveu com uma garota de quinze anos, que a mãe dela havia o denunciado ao Conselho Tutelar, que Hermione era uma juíza muito dura com os homens envolvidos em questões judiciais contra as mulheres, e que desconfiava que havia algo atrás da rigidez com que agia, principalmente por ela anunciar que participaria da audiência, apesar de ser uma mulher extremamente dedicada e competente no exercício do cargo. Ana Cláudia balançava a cabeça enquanto Frederico contava a sua história que envolvia Vanderlúcia e a mãe, e quando ele terminou o seu relato, Ana Cláudia se pronunciou incisivamente:

— Eu sei por que ela escolheu cursar direito, sei por que ela se tornou dura, mesmo não sabendo o que se passou na vida dela nestes anos todos em que nos separamos e não nos vimos mais. Agora você vai saber o que está por trás: uma vida manchada por uma tragédia e pelo terror. E eu, Frederico, carrego o remorso de ser parte desta tragédia, e o que vou contar agora faz parte de mais um segredo, destes que temos vontade de enterrar e esquecer, apesar de me assombrar e me assaltar tantas vezes em meus pesadelos, acordada ou dormindo.

*

Na volta para a casa, Frederico ligou para o advogado Lincoln Gallo, marcou de encontrar em sua casa, e em seguida ligou para a namorada Vanderlúcia, pedindo a ela que o encontrasse antes para que fossem juntos para a casa do amigo. Frederico chegou acompanhado de Vanderlúcia à casa de Lincoln, tocou a campainha, e rapidamente ele abriu a porta com uma pequena garrafa de cerveja na mão. Olhou para Vanderlúcia, olhou para Frederico, que logo se apressou em apresentá-la e dizer que achava conveniente que ela soubesse do caso de Hermione. Lincoln acenou a cabeça concordando com a atitude.

— Vamos entrar logo, ô desgraçado, porque se as pessoas nos virem aqui, vão achar que estou acobertando o relacionamento de vocês.

E virando-se para Vanderlúcia, disse:

— Se eu falar alguma coisa que não lhe agrade, de antemão lhe peço desculpas, mas eu sou advogado e estou aqui para defender algo complicado, você sabe, pois foi a sua mãe que denunciou Frederico, e a força de uma mãe, que é a sua tutora e responsável pela sua guarda, tem peso de ouro; e pior: o Conselho Tutelar é afinadinho com a doutora Hermione.

Frederico e Vanderlúcia entraram e se sentaram no sofá da sala. Logo que se acomodaram, Lincoln explanou algumas questões jurídicas que implicavam neste caso. Disse que os tribunais têm aplicado jurisprudências em relação ao envolvimento de menores em casos amorosos com homens mais velhos, justamente porque se considerava que raramente uma mulher entre quatorze a dezoito anos fosse desprovida de experiências ou conhecimentos sexuais e amorosos, mas que no Fórum da Comarca, a juíza tendia a não aplicar jurisprudências, e por isso havia um agravante: a mãe era a autora da denúncia e provavelmente iria apresentar provas materiais na audiência, e que o fato de Vanderlúcia ainda não ter completado dezesseis anos agravava um pouco mais, pois acima dos dezesseis anos a mulher não é mais sujeito passivo, e que o crime de sedução de menores era controverso, mas que mesmo assim era importante derrubar um possível encaminhamento de um processo ao Fórum, pois o Conselho Tutelar poderia entender que o denunciado, que era Frederico, deveria ser enquadrado na Lei 12.015. Lincoln explicou que um simples depoimento de Vanderlúcia dizendo que ela não foi acuada ou forçada a manter relações com Frederico seria suficiente para desmantelar uma ação processual, mas como ela não foi convocada para a audiência, o caso poderia descer ao Fórum, e que mesmo que Frederico fosse absolvido, ele teria consequências morais danosas à sua imagem caso o processo se tornasse público por ele ser professor de uma escola pública que lecionava para centenas de alunas da idade de Vanderlúcia, e que este fato poderia levar aos pais dos alunos a formalizar um pedido para que Frederico se afastasse das suas funções. Depois de ouvir aquelas explanações, Frederico pediu a palavra:

— Entendo que toda esta ação possa me trazer prejuízos, mas, como você sabe, eu trago comigo informações que ninguém na cidade imagina ter. A doutora Hermione, com certeza, decidiu participar da audiência para forçar um processo em que pelo menos atinja a minha imagem e a minha credibilidade na escola. O que Hermione não sabe é que eu sei da vida dela, oculta a todos os moradores da nossa cidade, e o que eu sei vai abalar as suas estruturas. Por isso, meu caro amigo advogado e minha amada Vanderlúcia, preparem-se para ouvir a segunda parte de uma história que vocês ainda não conhecem. E, ao final, Lincoln, você terá que fazer somente o que vou lhe pedir depois de me conceder a fala na audiência, logicamente necessitando da sua interferência caso a juíza ou algum membro do Conselho Tutelar queira me interromper.

E assim, Frederico contou, detalhadamente, o desfecho do romance de Hermione e Jacques de Aguiar, relatado minuciosamente por Ana Cláudia. Lincoln ficara com os olhos estatelados, e Vanderlúcia não mexia músculo qualquer. Frederico contou cada detalhe repassado por Ana Cláudia, naquele tempo em que ela tinha quatorze anos e que as leis eram um pouco diferentes das atuais. Ao final, Frederico fez a proposta derradeira, e Lincoln, coçando a cabeça, pensava. Um mouco silêncio se fez durante alguns longos segundos, até que ele se pronunciou:

— É, Frederico... acho que a estratégia está formada. Os advogados desta cidade vão querer te condecorar com uma medalha, pois esta juíza passa dos limites e poucos recorrem a outras instâncias para reverter o quadro, pois os processos se tornam caros para os clientes, que acabam aceitando penas alternativas e se humilhando perante a sociedade por crimes que não tipificam a gravidade das penas impostas a eles. Prometo que serei apenas um bom coadjuvante amanhã. E só peço a vocês dois uma coisa: não durmam juntos hoje, pelo amor de Deus! Segurem-se pelo menos por hoje, até o resultado da audiência de amanhã. Depois, façam o que quiserem. E a você, Vanderlúcia, lhe peço também que não apareça lá na sede do Conselho Tutelar. Acho que a sua mãe vai ter uma reação que vai surpreender, afinal, me desculpe o que vou falar: ela morre de vontade de continuar a transar com seu namorado!

— Azar dela, que não aproveitou bem antes. Agora não tem mais. Deixa ela ficar chupando o dedo.

Aquela reunião que começou tensa acabou em gargalhadas. Frederico se despediu de Lincoln e levou Vanderlúcia a uma rua próxima à sua casa. Vanderlúcia beijou Frederico apaixonadamente e disse que abriria mão de dormir com ele, mas que no outro dia iria à forra. Frederico deixou Vanderlúcia e foi para a casa.

*

Na manhã seguinte, Frederico foi despertado por um telefonema de Ana Cláudia, que lhe repassou outros detalhes sobre a vida de Hermione. A audiência estava marcada para as dez e meia, e daquele momento em diante Frederico se preparava para uma batalha homérica. Antes de sair de casa, ligou para Lincoln Gallo e, depois de uma hora, se encontraram em frente à sede do Conselho Tutelar. Enquanto Lincoln fumava um cigarro, repassaram a estratégia para a audiência que começaria a poucos minutos. E eis que passou por eles a doutora Hermione. Como sempre, elegante, de sapatos pretos altos e saltos finos, saia justa cinza escura até o joelho, camisa social branca e blazer da mesma cor da saia, cabelos em coque, a juíza passou sem olhar para Frederico. Sombria e fechada, cumprimentou o advogado com frieza e entrou no prédio. Lincoln olhou para Frederico.

— Prepare-se para enfrentar a fera!

As mãos de Frederico suavam, mas ele se encontrava disposto ao enfrentamento no campo de batalha. Lincoln apagou o cigarro na sola do sapato e jogou o toco no lixo. Detestava o mau hábito de jogar lixo na rua, e já prometera mil vezes parar de fumar, mas nunca conseguiu se libertar do vício. Logo depois, entraram. Lincoln se apresentou à secretária-geral do conselho e em seguida apresentou Frederico como seu cliente. Ela pediu para que esperassem, e Frederico percebeu que a juíza estava reunida com as outras conselheiras. Depois de uns dez minutos, a coordenadora os chamou. Adentraram a sala de audiência, e na única cadeira acolchoada da sala estava sentada a juíza Hermione. Ao seu lado, a mãe de Vanderlúcia, que em nenhum momento ousou olhar para Frederico, que acreditava haver um sentimento de vergonha misturado, afinal, Frederico, o denunciado, era amigo de longa data da família. Todos as cinco conselheiras estavam presentes. Frederico previu chuvas e trovoadas no percurso. Assim que se assentaram, a coordenadora iniciou a audiência.

— Bom dia a todos, bom dia, doutora Hermione Iolanda Rocha, Meritíssima Juíza de Direito da nossa Comarca. Esta audiência foi motivada pela denunciante, dona Dulce Vargas, que acusa o denunciado, o senhor Frederico Zanon, de ter seduzido a sua filha, Vanderlúcia Baustert Vargas, de quinze anos de idade. Salientamos que a lei prevê como crime de sedução a menores de idade àqueles que se encontram na faixa de quatorze a dezoito anos, e conceitua sujeito passivo em casos desta natureza aos menores de dezesseis anos, em que, portanto, se enquadra a adolescente Vanderlúcia. Lembramos que o Conselho Tutelar tem a função de receber as denúncias dos pais de crianças e adolescentes vítimas de crimes, apurar, e se extrapolar às funções do conselho, encaminhar a denúncia ao Poder Judiciário, que depois dos trâmites processuais, efetuará o julgamento do crime. Portanto, recebemos a denúncia de dona Dulce Vargas, que acusa o senhor Frederico Zanon de envolver a sua filha Vanderlúcia em sedução para fins de suas satisfações sexuais, aproveitando-se da sua condição de amigo da família, fato que ocorre há mais de um mês, e que durante este tempo, a mãe tem informações mais que suficientes que os encontros entre Frederico e Vanderlúcia são frequentes, mesmo à sua revelia e sem sua autorização. Declara ainda que o senhor Frederico usou do artifício de embebedá-la para atingir seus propósitos sexuais. Declara também que a sua filha Vanderlúcia era virgem, e que perdeu a virgindade com o senhor Frederico, e que desde então a sua filha sai de casa clandestinamente para dormir com o senhor Frederico em sua casa, onde mora sozinho. Dona Dulce acrescenta que o senhor Frederico, por ter mais do dobro da idade da sua filha Vanderlúcia e não ter nenhum outro envolvimento amoroso, passou a representar um risco para a sua filha, e que a considera indefesa diante dos ardis de sedução dos quais o senhor Frederico se mostrou capaz. Por fim, dona Dulce apresentou às conselheiras provas materiais que indicam o flagrante envolvimento amoroso entre o senhor Frederico e a adolescente Vanderlúcia. Desta forma, dando sequência aos trâmites desta audiência, entrego, para verificação, as provas apresentadas por dona Dulce Vargas ao doutor Lincoln Gallo, advogado constituído pelo denunciado, o senhor Frederico Zanon.

Uma das conselheiras entregou a Lincoln um maço de fotografias, e assim que ele examinava, uma a uma, repassava a Frederico, para que ele também pudesse ver. Era um material farto, e as fotos registravam inclusive o primeiro encontro do casal: Vanderlúcia entrando no carro com uma garrafa de vinho, e, naquele mesmo dia, algumas fotos, mesmo embaçadas, mostravam Vanderlúcia saindo com Frederico de carro, mais de três da manhã, e, depois, Vanderlúcia saindo do carro e entrando na casa dela. A intuição de Frederico se confirmou. Desde o início do relacionamento, havia pessoas os vigiando, tanto vizinhos dele quanto vizinhos de dona Dulce. E, assim, uma sucessão de muitas fotos, até mesmo de dia, e depois, as várias vezes em que Frederico foi à casa dela, em diversos horários, as diversas saídas com Valéria, a irmã, e Vanderlúcia, os beijos que Vanderlúcia e ele se deram, as outras saídas de noite para a casa dele, fotos do dia em que Vanderlúcia chegou sozinha a casa de Frederico a noite e as saídas pela manhã... Mas as mais graves foram as fotografias do dia em que Vanderlúcia e Frederico se relacionaram sexualmente na porta da casa dela. Pareciam fotos de sexo explícito, e a máquina da pessoa que tirou as fotos, com certeza, era de boa qualidade, pois mesmo sendo tiradas sem flash, foi usado um zoom poderoso e que escancarou aquele namoro, que certamente foi muito bom para o casal naquele dia, mas que se transformara em uma tremenda dor de cabeça para Frederico diante da juíza e das conselheiras. Eram tantas fotografias que não restava dúvidas de que ali as provas do relacionamento entre Frederico e Vanderlúcia eram irrefutáveis. O advogado Lincoln Gallo devolveu as fotos à coordenadora, que em seguida se dirigiu a Frederico:

— Diante destas provas e das palavras de dona Dulce, o senhor tem algo a dizer, senhor Frederico?

Lincoln Gallo se levantou e disse:

— Como representante legal do senhor Frederico Zanon, permita-me representá-lo em suas palavras. No momento oportuno, repassarei a palavra a ele.

A coordenadora concedeu a palavra ao advogado, sob o olhar fixo e obsessivo da doutora Hermione.

— Senhoras e senhoritas conselheiras deste conceituado Conselho Tutelar, dona Dulce, Meritíssima doutora Hermione. Não estou aqui para contestar as evidências do relacionamento entre o meu cliente e a filha de dona Dulce, a senhorita Vanderlúcia, até porque este envolvimento foi relatado pelo meu cliente, que em nenhum momento negou a sua relação amorosa com a senhorita Vanderlúcia. Data vênia, diante dos fatos relatados a mim pelo senhor Frederico Zanon, apresento argumentos que provarão que meu cliente não incorre em crime. Em primeiro lugar, respeitosamente, por entender a nobre função do Conselho Tutelar na proteção da criança e do adolescente, enfatizo que não houve por parte do meu cliente a intenção do aliciamento da senhorita Vanderlúcia. As nossas leis presumem jurisprudência na maioria dos casos em que há envolvimento consentido entre um adulto e uma mulher menor de idade, desde que ela tenha quatorze anos ou mais, dado que, em nossa cultura, é raro encontrar uma mulher que não disponha de informações sobre o sexo e a sua sexualidade. Tribunais vêm considerando a inexistência do elemento moral do crime, pois a suposta vítima tinha conhecimento do estado civil do meu cliente, e ele em momento algum a desrespeitou ou desrespeitou a família de dona Dulce ao se relacionar com ela.

— Mas fazer sexo em frente à porta da minha casa não é desrespeito, doutor? — interpelou dona Dulce, interrompendo Lincoln.

— Digamos que foi um momento de afoiteza, dona Dulce. Perdoe-me, mas creio que a senhora saiba perfeitamente que o ímpeto sexual, tantas vezes, provoca situações imprevisíveis. Como eu também tenho ciência deste caso, posso lhe garantir que aquele momento, mesmo em lugar inapropriado, foi de consentimento de ambos, afora que, por ter sido de madrugada, em um horário em que não há circulação de pessoas, ainda mais por ser uma comunidade com poucos habitantes, não despertou a atenção pública de forma que pudesse ser caracterizado como atentado ao pudor. Mas me estranha o fato de que havia pessoas vigiando, dona Dulce, e este culto obsessivo de vigiar a vida alheia é uma característica perversa de parte da nossa sociedade.

— Os meus vizinhos estavam somente procurando proteger a minha filha.

— Há controvérsias, dona Dulce. Sabemos que muitos vizinhos têm somente o hábito, típico de uma cidade do interior, de tomar conta da vida alheia para depois produzir fofocas em seu meio. Mas continuando, o razoável seria que este conselho convocasse a senhorita Vanderlúcia para que ouvissem dela que não só houve consentimento entre as partes, mas que também partiu dela a vontade, correspondida pelo meu cliente, de que houvesse tal relação amorosa. Diante desta impossibilidade e diante do volume de jurisprudências em casos semelhantes, considero esta audiência insuficiente para produzir qualquer acusação que possa ser encaminhada ao Fórum da Comarca.

— Permita-me a palavra, doutor Lincoln — interferiu a juíza Hermione, se colocando de pé. — Desde quando tomei ciência dos fatos aqui arrolados, fiz questão de participar desta audiência. O acusado, e isto é de conhecimento de todos, é professor de uma escola pública, professor de dezenas de alunas com idades próximas à idade da filha de dona Dulce. O senhor Frederico Zanon é um professor que leciona matemática, uma matéria fundamental para a formação de alunos, não só em fase decisiva de formação educacional, como também em fase decisiva de formação moral e corporal. Portanto, o abrandamento e a relativização com a qual o senhor se vale em seus argumentos para defender seu cliente são inconcebíveis justamente porque este caso, vindo a público, irá trazer transtornos e justificações para que outros professores pratiquem atos delituosos semelhantes contra menores de idade impunemente. Não é meu intuito sobrepor às funções do Conselho Tutelar, que presta serviços relevantes ao nosso meio social, mas fiz questão de participar desta audiência, consentida por todas as conselheiras e a pedido da mãe da vítima, dona Dulce Vargas, para que este caso adquira agilidade e que não se perca nas filigranas da lei. Por isso, doutor, acredito que uma punição exemplar ao acusado seja imperativa para que não se contamine a sociedade e o meio educacional, que já experimenta desafios difíceis de enfrentar, como o uso e o tráfico de drogas entre adolescentes, agressões de alunos a professores, depredações do patrimônio público, entre outras formas de comportamentos marginais, como roubos, furtos e até mesmo assassinatos.

— Meritíssima doutora Hermione Iolanda Rocha. Tenho plena ciência do zelo que a senhora tem por uma sociedade mais sadia, e, indubitavelmente, é de se louvar. Quiçá todos os magistrados tivessem posturas como a da senhora. Sei também que, mesmo com o consentimento das conselheiras, data vênia, a senhora exerce uma influência de desequilíbrio nesta fase de apuração dos fatos. Porém, acredito que o meu cliente, Frederico Zanon, tem argumentos mais contundentes. Digamos que o caso dele é especial, e por isso peço ao conselho a autorização para que o meu cliente possa se pronunciar.

A coordenadora concedeu a palavra a Frederico, que, com calma, ficou de pé e fixou o olhar em dona Dulce:

— Primeiramente, gostaria de me dirigir à dona Dulce, senhora por quem nutro o mais profundo respeito. Desde muito jovem frequentava a casa dela, e a minha relação com todos da família, inclusive com seu Joaquim, falecido marido de dona Dulce, sempre foi muito íntima. Não nego que já tive casos fortuitos com as filhas de dona Dulce, este fato é do conhecimento dela, e que nunca se importou com estes relacionamentos. A minha melhor amiga é Valéria, filha de dona Dulce, e a minha frequência à casa de dona Dulce é muito intensa, frequência que se dá já por longos anos. Assim, quero dividir o meu relato em duas partes: a primeira parte, me dirigindo a dona Dulce, e outro, aproveitando a presença, à Meritíssima juíza, doutora Hermione.

Hermione fixou seu olhar, incrédulo, a Frederico, que retornou o olhar para a juíza por uns dois segundos, um olhar faiscado, e novamente se voltou à dona Dulce:

— Dona Dulce. A denúncia que a senhora fez contra mim muito me estranhou, justamente por saber que me envolvi com todas as suas filhas, e que isso nunca foi problema entre nós. Sinceramente, fiquei decepcionado por ter recebido esta denúncia antes de conversarmos. A senhora sempre dialogou comigo e sabe que lhe ajudei muito quando a senhora ficou viúva, ainda grávida de Virgílio, e que o falecimento do seu marido trouxe muitas dificuldades à sua família. A senhora sabe muito bem que tive casos fortuitos, primeiramente com Vanilda, como também com Valquíria e Vanderléa, e por último com Vânia, a sua filha mais velha. Mas creio que há algo não revelado que fez a senhora me denunciar antes de conversar comigo. A senhora bem sabe que também tive um relacionamento com Valéria antes de ela se acidentar, e que um dia a senhora nos flagrou, um dia em que a senhora chegou de um clube de dança e nos espreitou pela greta da porta. Neste dia, a senhora desejou ter um caso amoroso comigo, mas como isso nunca havia acontecido ainda, acredito que o seu desejo represado foi finalmente vingado, ao me denunciar ao Conselho Tutelar por eu me envolver com Vanderlúcia.

Um pequeno alvoroço se formou. Dona Dulce, atônita, arregalou os olhos, e gaguejando perguntou:

— Co-co-como você sabe disso?

— Olha, dona Dulce. Como eu sei não vem ao caso agora, mas sei que a senhora nutriu secretamente desejos comigo, e sei que a senhora não poderá negar este fato e este sentimento. O segredo que nós guardamos é a prova inconteste dos seus desejos que a senhora nutriu por mim.

— Esse depoimento é desrespeitoso, e desvirtua o objetivo desta audiência — interpelou a juíza Hermione.

— Meritíssima. Desculpe-me, mas a senhora sabe que muitas pessoas denunciam outros por vingança. Mas aproveito a vossa interpelação para relatar o que tenho a dizer à Vossa Excelência.

Dona Dulce estava completamente atônita, sem, obviamente, acreditar no que ouvira, afinal, Frederico ameaçou revelar a verdadeira paternidade de Virgílio, escondida dos olhos sociais e familiares. Mas Frederico, sem dar tempo a questionamentos e intervenções, prosseguiu:

— Dirigindo-me à senhora, meritíssima doutora Hermione, relatarei uma história, história esta em que eu gostaria da máxima atenção de todos. Imagine, lá pelos anos 80, uma adolescente de quatorze anos, moradora de uma grande cidade, aplicada em seus estudos de inglês e que, nutrindo-se de sonhos compatíveis com a transformação de uma menina em mulher, se apaixonara com o seu professor de inglês.

Hermione esticou seu corpo na cadeira e grudou seus olhos em Frederico.

— Esta menina fez de tudo para se aproximar do seu professor, até que ela arranjou um jeito de concretizar esta aproximação. Com a ajuda da sua melhor amiga, ela começou a fazer aulas de violão no apartamento do seu professor, e este professor se apaixonou por ela. Aquela paixão era mais forte do que as convenções sociais da época, afinal, ela era uma garota de apenas quatorze anos, mas mesmo com sua pouca idade, ela sentia o desabrochar da mulher em seu ser. A sua paixão se misturava aos desejos sexuais cada vez mais crescentes, e estes desejos eram correspondidos pelo seu professor, que tinha exatamente o dobro da sua idade. A sua melhor amiga era sua cúmplice, que acobertava o romance, mesmo temendo por algo pior. E assim, um dia, aconteceu a primeira relação amorosa entre aquela menina de quatorze anos e o seu professor de vinte e oito anos. Foi um dia especial na vida daquela menina, o seu dia mais importante, e o seu amante gostava dela, a queria, e desejava até mesmo conversar com seus os pais e pedir o consentimento deles para que pudessem namorar.

Hermione estava vermelha e suava, e mesmo parecendo querer falar algo, a sua voz não saía. As conselheiras estavam curiosas, sem entender do que se tratava, e dona Dulce, já nocauteada, mal prestava a atenção naquela história. Seu olhar era vago, e com certeza pensava no relato surpreendente que revelara os seus desejos secretos por Frederico, mas sem trai-la a ponto de revelar a verdadeira paternidade do filho caçula, Virgílio. O celular que estava no bolso da calça de Frederico vibrou. "Chegou o xeque-mate", pensou, que em seguida olhou para Lincoln e acenou levemente com a cabeça. Ele entendeu o sinal, pediu licença e saiu da sala, enquanto Frederico continuava o relato.

— Este caso, senhoras e senhoritas deste respeitável conselho, é verídico, aconteceu com alguém bem próximo a nós, e por isso afirmo que é preciso conhecer as histórias do jeito que elas são antes de levá-las à impassibilidade das leis. O que acontece no íntimo de cada um está acima de qualquer letra fria, pois cada pessoa carrega algo sublime, trágico e secreto que extrapola aquilo que muitas vezes denominamos, na vala comum, como crime.

Lincoln Gallo retorna à sala. Mas não retornou sozinho. Veio acompanhado de Ana Cláudia. Hermione, quando se deparou com a sua amiga de adolescência, vidrou os olhos. A mulher dura e intransigente estava prestes a ser desmascarada.

— Desculpem-me senhoras e senhoritas, mas está aqui alguém que dará continuidade à fala de Frederico. Apresento-lhes Ana Cláudia, a melhor amiga da Meritíssima doutora Hermione, e que vai fazê-las entender o limite entre os códigos morais e sociais e a história secreta e inviolável de cada um. Assim, solicito à senhora coordenadora que conceda a palavra à senhorita Ana Cláudia.

A coordenadora e as demais conselheiras, já perdidas no ritual daquela audiência, e com certeza ávidas pelo desfecho da história, permitiram a quebra do protocolo, afinal, o depoimento de Ana Cláudia não estava previsto. Ana Cláudia se posicionou de pé, no centro da sala, virou-se para Hermione e disse:

— Olá, amiga! Quanto tempo, hein? Eu esperava, sinceramente, que nos encontrássemos um dia, mas jamais imaginei que fosse nesta situação. A história que todos ouviram de Frederico é a história da juíza de vocês, doutora Hermione Iolanda Rocha, a Meritíssima Juíza de Direito desta Comarca. A melhor amiga de Hermione era eu, Ana Cláudia, que acobertei o namoro dela com Jacques de Aguiar, nosso professor de inglês, e ela viveu o amor mais bonito do mundo. Frederico contou a melhor parte, e eu, infelizmente, vou contar a pior parte. Sei que a doutora Hermione é dura, intransigente e extremamente dedicada ao seu posto de alta relevância social. Por isso, Hermione, peço que permaneça até o final, em nome da sua postura sempre firme. Aquele namoro, aos poucos, se tornou público. Eles eram discretos no curso de inglês que fazíamos na Rua da Bahia, em Belo Horizonte, mas, pela força daquela paixão avassaladora, eles se assumiam de forma cada vez mais plena. A família de Hermione começou a desconfiar, pois ela, cada vez mais, saía de casa, às vezes dormia fora, e aquela mudança de comportamento causou um grande mal-estar entre os seus pais e seus irmãos. Eu temia pelo destino daquele namoro, mas não tinha maturidade para influir de forma mais sensata. Um dia, fui chamada na casa de Hermione, um dia em que ela não estava. O pai, a mãe e os dois irmãos me pressionaram. Desconfiavam, tinham quase certeza do envolvimento dela com Jacques de Aguiar, mas não sabiam a profundidade do envolvimento. E acuada, achando que estava fazendo algo de bom, contei a verdade. Juro que me arrependo amargamente, mas se não fosse através de mim, seria através de outra pessoa ou de outra forma. E um dia, quando Hermione estava com Jacques em seu apartamento, localizado no Bairro Floresta, em Belo Horizonte, os irmãos dela apareceram lá de surpresa. Bateram a campainha, e Jacques, depois de esconder Hermione, foi verificar quem era. Assim que ele abriu, os irmãos empurraram a porta com força e entraram no apartamento. Perguntaram onde estava a irmã e ele disse que não sabia. Eles insistiram, afirmaram que ele sabia e que estava mentindo. Um dos irmãos alvejou um soco no rosto de Jacques. O outro entrou pelo apartamento procurando por Hermione, que estava escondida no quartinho da dispensa. Não demorou a encontrá-la, e os dois, depois de usar de violência contra Hermione, pegaram Jacques e o espancaram. Jacques bateu a cabeça na quina da mesa da copa e desmaiou. Os irmãos ficaram sem saber o que fazer. Planejaram, em um momento tenso, que diriam ao porteiro do prédio que Jacques escorregou, caiu no seu apartamento e que precisava ser levado de ambulância, e que não poderiam ficar porque eles tinham uma viagem de avião que aconteceria em poucas horas, que não havia tempo para acudir o professor porque tinham pressa para se deslocarem para o aeroporto, e por isso foram buscar a irmã. O porteiro ligou para o hospital, e Hermione apanhou do seu pai quando chegou à casa. Jacques teve traumatismo craniano. Eu fui visitá-lo no hospital, e foi lá que fiquei sabendo de todos estes detalhes, num dia em que fomos juntos, seu Jarbas – o porteiro, Hermione e eu. Foi o último dia em que vi Hermione. Ele passou dois meses internado, mas por causa das hemorragias, seu estado de saúde complicou, e Jacques acabou não suportando e morreu. A família, já prevendo o destino de

Jacques de Aguiar, tratou de mudar para o Rio de Janeiro, e o crime ficou encoberto por conta da influência do pai de Hermione nas altas rodas sociais. O pai de Hermione era diretor de um grande jornal de Belo Horizonte e usou toda a sua influência para abafar o crime. A família sumiu, e eu nunca mais vi Hermione. Uma tristeza muito grande abateu sobre os professores, funcionários e alunos do curso. Todos gostavam de Jacques de Aguiar, e ele, movido pela paixão, lecionava cada vez melhor. Um grande trauma se formou em torno daquela história, e por isso, pelo trauma que Hermione carrega, ela se tornou, para vingar dos seus irmãos e do seu pai, uma juíza às vezes cruel, disposta até passar por cima da lei e suas jurisprudências para condenar homens que se envolvem em casos criminais contra mulheres. E no caso de Frederico, por ser professor, ela projetou toda a sua tristeza e frustração pelo desfecho trágico de sua história contra ele, afinal, a idade, a virgindade perdida da namorada e a profissão de Frederico estabelecem um paralelo muito semelhante ao caso dela. Agora, vou pedir para que Hermione conte por que veio trabalhar aqui. Ontem, eu investiguei e conheci as suas razões, mas quero ouvir de você, doutora e Meritíssima Juíza Hermione Iolanda Rocha.

Hermione se levantou, completamente abalada e abatida. Mal reuniu forças para falar, e as lágrimas não paravam de descer dos seus olhos. Ninguém se movia. Aquela rocha intransponível acabara de ser implodida. Toda a discrição sobre a sua vida particular que mantivera por tantos anos se evaporou. Trêmula e com voz de choro, contou a última parte:

— Desculpem-me a todos. Jamais esperaria algo desta magnitude neste dia, mas acho que merecem ouvir a minha história. Jacques nunca me saiu da cabeça, e um ódio mortal contra o meu pai e os meus irmãos se arraigou em mim. A minha vingança levou anos, comendo um prato frio e pelas beiradas. Eu morri junto com Jacques. Ele me amava e eu era loucamente apaixonada por ele. Vivi os melhores momentos da minha vida aos meus quatorze anos e depois nunca mais experimentei a felicidade. Durante anos, dissimulei meu ódio, e no Rio de Janeiro me formei em Direito. Exerci a profissão de advogada por algum tempo, e logo quando surgiu um concurso para o quadro de magistrados, estudei com afinco e passei em primeiro lugar, e por isso obtive o direito de escolher o local onde exerceria a função de juíza. Desde quando prestei o concurso, sabia que uma das vagas seria para esta cidade, escolhida por ser próxima a Belo Horizonte. Assim que saiu o resultado, dei um jeito de comprar o apartamento onde Jacques morava, na Floresta, e é lá que eu resido e passo meus fins de semana. A família dele, desgostosa com a morte, levou os seus pertences para Araxá, onde moram. Pouco tempo depois da minha nomeação para esta Comarca, antes mesmo de assumir o posto, os visitei e contei para eles a nossa bela história. Fiz uma oferta, comprei o apartamento e pedi que me doassem os seus pertences, inclusive o violão que aprendi a tocar um pouco, junto com as mãos dele. Se eu não pude tê-lo em minha vida, trouxe para mim a alma dele. Nunca me relacionei com mais ninguém, e sinto, de alguma forma, a presença dele naquele apartamento onde o mais belo amor se formou. Todos os dias eu digo a ele, o meu eterno Jacques de Aguiar, que o amo, e sei que ele, onde estiver, sempre responde com o mais lindo eu te amo que alguém pode ouvir. Assim, depois de revelada esta história oculta a todos, aconselho, com a anuência da mãe da jovem Vanderlúcia, que arquivem este caso, e peço a dona Dulce que repense sobre a relação da sua filha com o senhor Frederico. Pode ser que o amor entre ela e Frederico seja tão belo quanto o meu, e mesmo se não for, deixe que eles decidam e descubram. Ana Cláudia, Cacau, minha amiga fiel, a quem nunca perdoei por ter contado detalhes do meu namoro com Jacques à minha família, só lhe peço um abraço. Agora sei o que passou, e a responsabilidade é toda minha, responsabilidade que eu não entendi naquela época, só por minha culpa, por eu não ter deixado Jacques ir à minha casa e enfrentado a minha família. Sei que se pudesse prever o desfecho, Ana Cláudia jamais diria a verdade a eles. Usaria outros argumentos, e talvez até me convenceria a autorizar Jacques a conversar com os meus pais. Não sei como reagiriam, mas, com certeza, o meu grande amor, o único e verdadeiro amor da minha vida, não teria um destino tão triste e trágico. Assim, minha amiga, minha melhor e amada amiga, aceite meu abraço e o meu pedido de perdão.

Hermione e Ana Cláudia se abraçaram longamente e choraram copiosamente. Aquele choro foi acompanhado por todas as conselheiras. Ninguém ali, nem de longe, imaginaria que aqueles momentos seriam tão singulares e emocionantes; uma cena de derreter até os corações mais petrificados. Afagavam-se e se olhavam fundo dos olhos encharcados, resgatando todas as confidências represadas por longos anos. Antes de sair, Hermione disse que pediria licença do cargo e não sabia se voltaria. Repensaria a sua vida, e que a vingança que ela tanto necessitava e forjara minuciosamente em sua mente chegou ao fim. Lincoln olhava incrédulo, e Frederico também. A audiência terminara sem desfecho, sem relatório final. Não havia clima para mais nada. Dona Dulce se aproximou de Frederico, o pediu desculpas e o agradeceu, sussurrando, por ele não ter revelado a paternidade de Virgílio. Logo em seguida, Hermione e Ana Cláudia saíram abraçadas. Antes de sair, Ana Cláudia se aproximou de Frederico e Lincoln Gallo e disse que elas almoçariam juntas, mas iriam para Sabará, pois queriam tranquilidade, afinal, havia a suma necessidade de uma longa e densa conversa entre elas. Agradeceu a Frederico por ter sido um anjo em sua vida, lhe desejou sorte com seus futuros alunos mirins e no seu relacionamento com Vanderlúcia. Antes de se virar para o nunca mais, de longe, Hermione olhou e sorriu para Frederico, com olhos inchados por tantas lágrimas derramadas, lágrimas libertas após um longo cativeiro, sorriu por gratidão a Frederico, que, por linhas tortas, a permitiu se livrar da pesada cruz que carregara desde os seus quatorze anos. Dona Dulce foi embora sozinha, talvez arrependida por ter causado tanta confusão desnecessária, que poderia ser evitada por um diálogo franco com a sua filha e o namorado. Lincoln Gallo, observando o caos organizacional em que se transformou aquela audiência, aconselhou a coordenadora que fechassem o relatório depois, afinal, ninguém mais ali tinha a mínima condição de dar prosseguimento aos trabalhos, e que esperassem a retirada da denúncia que seria realizada por dona Dulce. Após deixarem o prédio, Lincoln propôs a Frederico:

— Ô, meu camarada. Agora é nossa vez. Vamos sair e tomar uma, pois merecemos! Não é todo dia que vivemos e presenciamos casos fantásticos e cinematográficos como este.

Frederico passou em casa, deixou o carro na garagem e saiu com Lincoln em seu carro. Pegaram uma estrada de terra até outro distrito da cidade, do lado oposto ao qual Frederico lecionava, e lá pararam em um pequeno e poeirento boteco com paredes vermelhas tingidas de pó de minério de ferro. Para eles, digerir aquela história que acabara de acontecer, só mesmo com um pouco de álcool, talvez, nem tão pouco assim.

MOISÉS

Moisés pensava em se candidatar a vereador. Era incentivado pelos membros dos diversos segmentos sociais, como sindicatos, movimentos ambientalistas, LGBTQIA+, negros, juventude, associações de bairro, dentre tantos, que o viam como o grande líder que livraria o seu povo das injustiças das quais eram vítimas. Um Moisés com aura de Messias. Moisés atuava na organização da sua comunidade e, comunista e leitor de Gramsci, acreditava que a revolução era possível de dentro para fora, ou seja, era possível transformar as instituições sendo membro delas. E para tomar esta decisão, Moisés resolveu subir ao Morro Sinai, que ficava perto da sua casa, para refletir. A cada hora a hora chegava mais perto, e Moisés se via em muitos conflitos antes de decidir. Remoía-se nas angústias por não prever se tomaria a decisão correta. Sabia que o trabalho legislativo estava repleto de vícios e conchavos, e que seus intentos em favor da comunidade poderiam ser engolidos pelas tramoias e corporativismos.

Assim, sem que ninguém notasse, Moisés saiu de casa às cinco da manhã, levou lanches, suco e água e subiu o morro. Não poderia ser notado mesmo, pois mal chegava as sete e as pessoas o procuravam em sua casa.

Chegando lá, sentou-se perto de um arbusto e começou a refletir sobre a decisão que deveria tomar. E em um assombroso repente, o arbusto começou a pegar fogo sem que houvesse motivo aparente. Moisés não fumava e, portanto, não jogou cigarro aceso no mato. Também não foi motivado por nenhum relâmpago. Nem um isqueiro ou caixa de fósforos ele tinha. O céu estava sem nuvens e, além do mais, o mato estava úmido, não havendo, portanto, nenhum motivo para uma combustão espontânea. Moisés ficou assustado. Observou que aquele arbusto não era consumido pelo fogo. Aquilo contrariava a sua gélida racionalidade. Moisés arregalou os olhos, abstraído com aquele fenômeno que não era nem um pouco natural. E depois de alguns instantes, inebriado, Moisés ouviu uma voz forte e vigorosa que saía dos arbustos retumbando por um eco hipnotizador:

— Moisés, Moisés. Estou aqui para lhe ajudar a decidir sobre o seu destino e que levará o seu povo a atravessar o rio das injustiças.

— E quem é você?

— Eu sou o seu Deus, aquele que habita o seu ser. O que está em todas as coisas. Eu! Deus!

— Não acredito em Deus!!! Não acredito no Deus de Abraão, nem em Alá, e nem mesmo no Deus de Jesus, oquei?

— Reconheça-me, ateu! Sou o Deus do seu pai, Abraão, da sua mãe Sara e do seu irmão, Mané Garrincha.

— Tô pagando pra ver, sô Deus!

— Ah é? Então tá! Quem, a não ser eu, o Eu, poderia provocar estas chamas neste arbusto sem queimá-lo? Quem? Quem? O seu mané irmão Mané? haha. Só Eu posso, só Eu tenho poder, o Deus que lhe fornece ar aos seus frágeis pulmões!

— Você é muito petulante, metido a besta e individualista. A cultura dos diversos povos ao longo da história humana criou outros deuses e deusas além de você! Alá, Tupã, Shiva, os deuses dos mares, do trovão, dos rios, o deus sol, a deusa lua, Iemanjá... Deuses, por sinal, melhores do que este deus prepotente que a Bíblia nos apresenta.

— Todos estes estão em mim, seu imbecil. Todos os deuses em um só Deus, Uno e Onipotente: Eu! Nunca leu nas Escrituras onde eu disse, Eu sou? Simples assim! E para você, que fique claro! Não sou tratável por esta forma: você! Eu sou o Senhor, o seu Senhor, e é assim que deve me tratar. Por Senhor!

— Você é bem autoritário, hein? Mas convenhamos! Pelo menos este arbusto tá aqui na minha frente, pegando fogo sem queimar, e você está me provando que tem poder. Então... prazer, sô Deus!

— Éééé... Jesus e Marx me dificultaram as coisas, mas tudo bem! Estou me acostumando aos novos tempos, em que as pessoas estão se lixando para as formalidades. Bom mesmo era no meu velho tempo, quando eu mandava e desmandava, e ai daquele que ousasse falar mal de Mim. A minha ira era descomunal, eu gostava de demonstrar a minha magnífica força, a minha vingança implacável, como as pragas do Egito, o dilúvio, a destruição de Sodoma e Gomorra, e tantas intromissões mais, que só eu, o Eu Deus, o Onipotente, poderia realizar. Aí veio Jesus, o meu filho, me tornou amoroso, pregava que todos deveriam amar a todos, inclusive aos inimigos, veja só que absurdo, e eu, por culpa do meu filho, que mudou o curso dos planos, fui obrigado a me acalmar... Passaram-se quase dois milênios e me aparece Nietzsche, que escreveu do rompante que abrigava seus bigodes, que eu estava morto. Como? Se eu não tive princípio, como vou ter fim? Só morre quem nasce, e eu não nasci. E se eu não nasci, portanto, não tem como eu morrer. Bem feito para Nietzsche, que morreu louco, um castigo divino, tenha certeza, enquanto eu estou aqui, Eu, vivendo em tudo e em todos por toda a eternidade.

— Taí! Isso é a prova de que você não existe. Como alguém pode existir sem nascer? E falando nisso, qual é seu sexo, porque você poderia ser deus ou deusa. Isso é machismo, um deus masculino. Seu machista!

— Deixa de ser tapado! Eu estou em todas as coisas! Inclusive em todos os sexos! Mas convenhamos! As mulheres não têm a força dos homens para representar um ser todo poderoso como eu.

— Só não aprofundo mais nestas questões machistas da Bíblia porque sei que você não existe! Mas este deus machocrata é uma prova de que tudo foi escrito para legitimar o patriarcado.

— Deixa te dizer, ó incauto: Eu não existo! Nunca existi desse jeito tosco que você imagina a existência. Você não consegue entender: Eu sou, e eu vivo na fé das pessoas!

— Deus é criação da mente humana! Instrumento de dominação dos poderosos! Ilusionista dos mercenários da fé para aprisionar os pobres e transformar a classe média em uma horda de hipócritas!

— Eu sou o Tudo! E você um doutrinado!

— Você não é nada!

— Eu sou o que está em todas as coisas! Além do mais, eu sou o Justo!

— Você é injusto!

— Hahaha! Você se traiu! Se eu sou injusto, eu existo, e se eu existo, eu sou Deus! Xeque-Mate!

Moisés se rendeu ao argumento de Deus. Jamais contrariaria a lógica, e Deus tinha razão, pelo menos naquele momento.

— Se quiserdes obter as respostas que lhe angustiam, então faça o que eu digo, retrucou Deus, esbravejando, com impaciência divina, findando os intermináveis questionamentos de Moisés.

Diante daquele fenômeno inexplicável e um tanto assustado com a ira de Deus, Moisés resolveu obedecer àquela voz misteriosa:

— Moisés! Está vendo aquela tábua? Pois vá lá e pegue-a, pois vou escrever os meus mandamentos para a sua conduta. São dez mandamentos. Queria incluir mais três, mas depois eu lhe envio por e-mail.

Moisés obedeceu a voz, incrédulo por ouvir de Deus que receberia um e-mail dele, pensou como seria o tal endereço do e-mail, e finalmente, inconsciente, como um robô, pegou uma tábua que estava perto e esperou o que viria. Em instantes, uma língua de fogo alcançou a tábua, imprimindo palavras como uma impressora a lazer. Moisés ficou estático e, depois dos escritos, o arbusto parou de pegar fogo e não mais se ouviu nenhuma voz. Moisés, enfim, resolveu ler os escritos na tábua, que ainda soltava fumaça:

1. Levante a bandeira de uma educação libertadora que conduza a todos ao verdadeiro conhecimento e sabedoria. Faça da educação a mola mestra da prosperidade coletiva.
2. Incentive as crianças a viverem como crianças. Insurja-se contra os pais que entopem as crianças de presentes e diga sempre, em alto e bom tom, que as crianças devem sujar os pés de barro e ralar os joelhos nas brincadeiras de rua.
3. Não compre votos de forma alguma, mesmo que o eleitor lhe peça alguma coisa em troca do voto. Combata, com todas as forças, esta prática maligna que adoece a democracia.
4. Seja caridoso e generoso, mas não propague, nunca, a caridade que fez. Lembre-se de que o que a esquerda faz, a direita não deve saber.
5. Incentive as pessoas a ler mais livros e a usarem menos a internet por motivos fúteis.
6. Promova a cultura popular, incentive os artistas da cidade. Invista nos artistas com dignidade. A arte liberta a alma humana.
7. Combata o clientelismo e a troca miúda entre a Câmara e a Prefeitura. Faça com que cada poder exerça seu papel com independência e soberanamente.
8. Promova a simplicidade, o sorriso gratuito, as conversas entre amigos, a roda de violão, saraus e causos.
9. Combata a mineração predatória, que só visa lucro e provoca tragédias ambientais e humanitárias. Aproveite e aja incansavelmente em favor de uma nova cultura do consumo voltada à utilização das dádivas da Terra.
10. Promova a justiça, faça da justiça aos pobres a sua causa maior, nem que para isto tenhas que lutar contra o Poder Judiciário, que nem sempre promove a justiça, inacessível aos mais carentes e que muitas vezes atua como justiceiro.

Moisés olhou para a tábua, refletiu, achou estranho, muito estranho, pois aqueles mandamentos, termo que a ele soava como expressão ditatorial, não eram nada parecidos com a personalidade do Deus que acabara de conhecer entre o arbusto ardente. Havia algo errado. Aqueles ideais pertenciam a ele, era exatamente a sua plataforma eleitoral, não a do Deus que acabara de conhecer. Era em que acreditava, a forma como deveria agir um político. Os pensamentos sem permissão invadiriam Moisés. Pensou bastante, mas os pensamentos não explicavam o que havia se passado. E de muito pensar, pois os perigos encontram-se nos pensamentos, Moisés pegou aquela tábua e a lançou violentamente contra uma pedra. A tábua se espatifou, e Moisés, sem olhar para trás e nem ao menos se despedir do Deus escondido no arbusto, desceu morro abaixo, atordoado, traumatizado com o tal Deus, de personalidade nazifascista que se apresentou na tábua como líder de esquerda. Quem era aquele ser que se dizia Deus? Diante das inconclusões conflitantes, pegou um pique e atravessou o Rio Vermelho, que abria caminho a Moisés enquanto este corria feito um louco, sem destino e sem direção.

O RELÓGIO DE TUNICO

Tunico nasceu diferente. Em sua percepção, o tempo não passava do jeito que passa pelas pessoas. Os ponteiros do relógio andavam, ou mais lento ou mais rápido, de acordo com os seus sentimentos. Se sentia prazer, o tempo passava lento, e se se sentisse angustiado, o tempo passava rápido, para a sua sorte. Ninguém notava esta estranha característica, nem mesmo ele, que achava aquilo normal. Quando foi para a escola, as aulas passavam rapidamente. Tunico tinha preguiça de estudar, e por isso, o tempo de estudar passava rápido; mas o recreio era quase eterno. Quando sofria *bullying*, sofria por pouco tempo, pelo menos na cabeça dele. Era um dom que, se as pessoas soubessem, certamente ficariam com inveja. Já pensou? Alguém controlar o passar do tempo a seu bel-prazer?

Com doze anos, Tunico ganhou do pai um relógio, destes de ponteiro e que necessitava dar corda. Tunico nunca mais o largou, e se divertia brincando com o tempo. Percebia os ponteiros girarem a velocidades diferentes, mas achava que era assim com todo mundo. E nesta brincadeira de controlar o tempo, mudava, só pelo pensamento, o andar dos ponteiros. Se quisesse que os ponteiros girassem rápido, Tunico pensava em algo triste, e o ponteiro de segundos logo saltava de uma posição a outra, até, muitas vezes, chegar ao ponto de não conseguir enxergar o giro do ponteiro dos segundos, de tão rápido que girava. E se quisesse que o tempo andasse devagar, pensava em algo prazeroso. Os ponteiros quase paravam, e uma hora às vezes parecia dias.

A vida de Tunico teve suas normalidades. Apaixonou-se, namorou e casou. Quando namorava, o tempo durava como se fosse dias, mesmo que chegasse à casa da namorada às oito e fosse embora às onze. Aquele foi o tempo mais longo de Tunico. E também o mais delicioso. Quando saía com a namorada, depois noiva, e depois esposa, para dançar, o tempo se esticava ao máximo. E ao contrário, quando caiu da escada e quebrou a perna, se para a esposa o tempo que Tunico ficou na cama, imobilizado, foi longo, para ele foi pouco mais do que um piscar de olhos.

Tunico teve dois filhos, concebidos em orgasmos quase eternos, e quando se tornaram adolescentes, o seu casamento entrou em crise e Tunico e a esposa se separaram. Aqueles momentos doídos passaram rápido, mas Tunico começou a não gostar daquilo. Os prazeres diminuíram, o tempo acelerava, e Tunico percebeu que envelhecia rapidamente. O tempo andava rápido no trabalho, chato e insosso, mas demorava mais a passar quando tinha jogo do Galo, time pelo qual nutria um exagerado fanatismo. Isso é, se o Galo jogasse bem e ganhasse. Quando jogava mal, o tempo andava rápido. E no andar da idade, a vida de Tunico se tornou rápida, proporcional aos desprazeres.

O tempo foi passando e Tunico envelhecendo. Seus filhos ficaram adultos e logo vieram os netos. Cinco netos. O tempo voltou a andar devagar, pois Tunico adorava ficar e brincar com os netinhos, e aqueles momentos o levavam à mesma quase eternidade de outrora. Depois de uns anos, Tunico se aposentou, e acreditou que a sua vida se esticaria ao máximo. Sobrou mais tempo, e os ponteiros do relógio se viam lerdos sempre que Tunico saía com os netos. Gostava de ir à sorveteria com eles, e nada era mais lento quando tinha circo na cidade. Tanto ele quanto os netos adoravam os palhaços e malabaristas e, quando Tunico resolvia olhar para o relógio, percebia o ponteiro dos segundos quase parado.

Os netos cresceram, começaram a fazer curso de inglês, computação, faculdade e trololós, e não tiveram mais tempo para o avô Tunico. O tempo voltou a andar depressa com a saudade e a falta dos netos. Tunico, na angústia veloz, percebeu que os relógios das pessoas, parecia, também se aceleravam. Todo mundo vivia correndo e apressado, e todos reclamavam que não tinham tempo para mais nada. Tudo era muito frenético. Tunico concluiu que o mundo perdera a noção do tempo e que seus ponteiros começaram também a girar cada vez mais rápido. Tunico se desgostou tanto do mundo e de como viviam as pessoas, que passou a enxergar o mundo acelerar freneticamente, de tal forma, que conseguia ver o sol passando pelo céu como um cometa, e depois, ainda mais desgostoso, como uma estrela cadente.

Já sem vontade de viver, em um dia de decisão suprema, Tunico resolveu não dar mais corda no relógio, até chegar o dia em que os ponteiros pararam. Naquele momento singular, Tunico, enfim, pôde viver o seu único e eterno instante.

O MÁGICO ZACARIAS

Desde criança, Zacarias desenvolveu as habilidades da magia. E não aprendeu com ninguém. Por si, foi desenvolvendo as capacidades, reunindo coleguinhas no pátio da escola e, no início, expunha pequenos truques, como atravessar uma moeda através das mãos, tirar um coelho da sua mochila, fazer uma carta de baralho aparecer no boné de um colega, enfim, estes truques que todos estamos acostumados a ver nos shows de ilusionismo. O pai de Zacarias, entusiasmado com os dons do filho, resolveu comprar uma cartola, mesmo com pouco dinheiro, afinal, a família era pobre, e ele, assalariado, nunca conseguiu juntar economias. O pai se tornou empresário do filho, pois viu em Zacarias uma grande fonte de renda. O pai, que sempre sonhou ter muito dinheiro e poder, viu suas preces atendidas pelos dons do filho.

Não demorou! O pai de Zacarias o levava aos eventos que reuniam um grande número de pessoas e passou a cobrar daqueles que se dispunham a assistir os números de magia. Zacarias levitava cartas, tirava pombos da cartola, fazia desaparecer uma moeda pelo cotovelo, desatava nós cegos com um simples movimento, regenerava latas de refrigerante amassadas, e outros truques simples, que arrancavam aplausos e apupos daqueles que o assistiam.

Até no dia em que Zacarias resolveu levitar. A plateia ficou abismada. Até mesmo o pai, que acreditava que seu filho era capaz de fazer somente coisas simples, se espantou. Aquela cena atraiu um grande empresário, que propôs ao pai de Zacarias que eles rodassem pelo mundo apresentando os seus números. E de fato, Zacarias começou a apresentar números mais complexos, atraindo cada vez mais pessoas, e sua fama começou a correr longe. Zacarias entortava postes, transformava focinhos de cães em cara de gatos, dava nós nas pernas e braços das pessoas sem tocá-las, fervia canecos d'água sem colocá-los no fogo, coisas que maravilhavam pessoas em volumes cada vez maiores.

Zacarias fazia desaparecer objetos grandes, como carros, e os fazia aparecer em lugares inusitados, como foi um dia em uma cidade, fazendo desaparecer o belo carro do seu empresário, que apareceu em cima de um pé de manga. O empresário, longe de ficar aborrecido com Zacarias, viu que ele poderia lhe trazer muito mais dinheiro ainda.

E rodando pelo mundo, a fama de Zacarias ascendia vertiginosamente. Até que um dia Zacarias disse que iria fazer um morto aparecer no meio da plateia, em um circo armado numa cidade do interior. As pessoas aguardavam curiosas pelo feito de Zacarias. E quando menos se esperava, uma pessoa, no meio do público, sozinha, batia palmas para Zacarias. Era o seu Antônio, um conhecido comerciante que falecera há dois dias, causando comoção na cidade. As pessoas se entreolhavam atônitas. Como era possível?

Logo, mágicos do mundo inteiro procuraram Zacarias. A fama os perturbou. Perguntaram ao menino, que naquela data se transformava em adolescente, como ele realizava aqueles truques? Zacarias disse aos mágicos, alguns renomados, que apenas pensava em algo e aquilo se realizava. Era inacreditável! Os mágicos trataram aquele caso com um misto de assombro e ceticismo.

Diante das impossibilidades ilusionistas, os mágicos pressionaram Zacarias. Um dos mágicos propôs que ele fizesse aparecer dinheiro. E num piscar de olhos, Zacarias fez aparecer uma montanha de dinheiro, misturando reais, dólares e euros. Os olhos do pai de Zacarias brilharam. Sussurrando, disse ao pé do ouvido do filho: "Por que não me disse que era capaz de transformar dinheiro do nada? Você me pouparia trabalho!". Zacarias respondeu que ele não havia pedido, e por isso não o fez. Os olhos do pai derramaram lágrimas e os mágicos entraram em polvorosa. Ali estava um mágico que não se utilizava de truques, nenhuma técnica que conhecessem. Alguns mágicos, despistadamente, ou nem tão discretos assim, pegaram os maços de dinheiro e colocaram nos bolsos, sacolas e tudo mais.

Até que um dos mágicos propôs a Zacarias: "Acabe com as guerras no mundo, extermine a miséria, estanque a violência, diminua a desigualdade e acabe com a fome, elimine os crimes ambientais, as queimadas das florestas, a emissão de gases que provocam o aquecimento global. Faça com que as pessoas se amem, todas elas, e que no mundo não haja mais exploração do homem pelo homem". Zacarias se concentrou fundo, se esforçou, esforçou, mas no fim disse: eu não consigo! Isso depende de cada um, depende da força de vontade das pessoas em abandonar suas ilusões, depende de que elas abandonem seus egoísmos, que abandonem a inveja, abandonem as luxúrias, os desejos de viver com muito mais do que é necessário para viver, depende de compaixão, do senso de coletividade, e o povo tem que ter disposição para a guerra contra os poderosos que manipulam os sistemas, e eu não tenho poderes para mudar os sentimentos, as culturas de dominação, as escolhas das pessoas e os mecanismos que regem as sociedades. Bem que eu queria. Posso fazer tudo, mas não consigo mudar a história humana. Na mesma hora, o dinheiro, para a extrema amargura do pai, do empresário e dos mágicos, desapareceu, e o defunto, seu Antônio, voltou para a sua cova.

ORGASMOCRACIA

Neste final de minutos, toda a minha vida passou pela memória, mesmo carcomida pela velhice e pela quase ausência de forças até para respirar. Tudo o que fui é quase idêntico ao que todas as pessoas querem ser, e vi a vida se tornando insaciável em tudo o que nos propusemos. Exigi de mim muito mais do que eu precisava, do mesmo jeito que foi com o meu colega de sala, Pedrinho, que não se contentava somente em jogar futebol. Queria ser o artilheiro, e o segundo lugar para ele era como se fosse o último. E Roberta, a vizinha que foi falsa amiga até se mudar com seus pais, e que era obcecada pelo corpo. Magérrima, mesmo assim se achava gorda. Praticava bulimia e ficou anoréxica e triste. Cambaleava entre a vida sem vida e com a depressão, para a qual encontrava consolo em suas constantes automutilações. Nunca mais ouvi dizer de Roberta, e nem sei se ela ainda existe.

Antonino, meu ex-melhor amigo, virou comerciante, expandiu sua rede de lojas, ficou cada vez mais rico, e cada vez que se tornava mais rico, mais infeliz ficava. Não tinha mais tempo para a família, para os amigos e para o lazer. Desse instante, a gota de amizade secou: só pensava em ganhar dinheiro, cada vez mais dinheiro, o único laço de amizade que lhe sobrara: o dinheiro. Antonino se tornou um homem pobre, um vazio mendigo da alma, um vazio cheio de dinheiro, um homem que pobre mesmo foi um dia, um pobre de amizade rica, nascido de uma família numerosa e com poucos recursos, e que trabalhou como escravo de si para chegar ao infernal status de investidor do mercado financeiro e proprietário de algumas fazendas de gado. Deste salto da carência material até a ilusão de se apossar do reino da soberba, se vendo no espelho um semideus, Antonino perdeu sua alma para o dinheiro-deus, perdeu tudo. O dinheiro que lhe tirava as noites de sono fazendo-o mergulhar em profundas insônias obcecadas por mais dinheiro – mesmo que este viesse à custa da exploração dos seus empregados e negociatas escusas no mercado – acabou lhe presenteando com um AVC motivado pela hipertensão, mesmo avisado pelo médico, que havia lhe recomendado que freasse as suas atividades, aproveitasse mais o dinheiro que ganhou e tirasse umas férias, coisa que nunca fizera, pois jamais conseguiu ficar longe e se desligar dos seus negócios, nem que fosse por uma semana. Antonino está luxuosamente abandonado em uma cama, com quase todos os neurotransmissores queimados como as árvores da sua fazenda no meio da floresta.

Para não me posar inferior ao ex-amigo Antonino, na juventude busquei o pódio da luxúria, um sinônimo ilusório de anti-avareza. Na minha vingança silenciosa e invejosa ao Antonino que se enricava de dinheiro, imaginei ser o seu oposto: construí um anti-Antonino, um desavarento. Foi assim que ergui o meu império luxurioso, alicerçado em sexo, muito sexo, sexo demais, e quanto mais mulheres eu arranjava, mais eu queria, sempre mais e mais. Gostava de contar vantagens aos meus amigos, dizendo das noitadas em que eu saía como um caçador de orgasmos, orgasmos estes que só serviam à minha satisfação. Nesta busca da aventura de me mostrar aos outros os meus troféus de vento, queria duas, três, quatro mulheres, às quais jamais tive olhar feminino e humano. Só fazia sentido eu, o macho alfa. Nunca me preocupei com o prazer alheio, com a satisfação da parceira que eventualmente me acompanhava, pois era assim: só me relacionava nas eventualidades. Quando mais novo, eu dava conta do recado que a luxúria insaciável pedia, pela energia represada da juventude viril. Mas os anos foram mudando o meu corpo, contrariando a ilusória mente vaidosa e machista, que não se curvava ao desaceleramento, e assim era imperativo cultivar o mesmo ritmo alucinado dos festejos sexuais. Para manter as aparências, contratava prostitutas de luxo para ostentar nas baladas sociais. O meu dinheiro foi sugado pelo ralo, até que uma impotência crônica se instalou em meu corpo, e nem mesmo os remedinhos azul-enganosos que a dona farmácia do mundo fabricava aos milhões para ludibriar milhões de homenzinhos nanicos surtiam mais efeito.

Senti-me acabado e inútil ao mundo, e um dia planejei pular do décimo andar de um prédio da minha cidade. Antonino já estava vivo-morto, e eu não queria ser mais um jogado na vala dos vivos sem vida, e por isso fui me matar. E quando já eu estava lá, decidido a arrancar a vida do meu corpo, apareceu, do nada, sem avisar, ventada, uma mulher vestida de vermelho, talvez bruxa, pomba-gira, alma feminina que chicoteou com ardor doído a minha prepotência fálica, aproximou sedutoramente a sua boca de lábios vermelhos, reluzindo enormes brincos, da minha boca, exalando um perfume alucinatório, e me seduzindo no menos de um milímetro da minha boca, retirou dentre os seios uma moeda de um centavo, sussurrando com olhos ofuscantes e pintados: "enquanto tu viveres em função de saciar o insaciável, esta moeda valerá mais do que a tua própria vida". Aquela única mulher diante da morte que da vida me seduziu pela alma beijou minha boca, me entregou a moeda e se virou para sempre das minhas retinas. Só soprou ventania e foi-se. Fiquei atordoado por aquela saída desalmada a um coitado que estava disposto a cometer a última vaidade, e por estar estonteado com a visita inesperada e improvável roubando a cena do meu picadeiro, abortei a morte escrita no alto do prédio. Aquelas palavras e a desaparecida mulher ao seu buraco ecoaram no mais profundo oceano da minha psique. Carreguei aquela moeda por toda a vida, como um amuleto, desistindo para sempre, enfim, de acabar com a minha própria morte. Decidi procurar a vida que fugira de mim. Mudei-me para uma pequena vila no litoral, e descompromissado, virei pintor de belos quadros, sem me preocupar se eram belos aos outros olhos. Eram belos para mim, e isto bastava. Lá, deixava o vento soprar os meus cabelos que traziam o perfume da cigana, que esvoaçavam embranquecidos, enquanto as ondas do mar pintavam outros quadros, ainda mais belos, que contrastavam com o céu azul e nuvens às vezes cinza, e que trouxeram aos meus últimos anos o verdadeiro prazer de viver.

E assim, já despossuído da orgasmocracia, chego aos meus últimos momentos sem pensar se há um sentido de viver. Acabou o tempo das luxúrias existenciais. O que vivo hoje é o presente prazer e a dor da vida, sem significância, pois é nesta insignificante vida que invento algum significado, caminhando sereno para a minha derradeira travessia, onde o meu último suspiro será também o meu último orgasmo.

O INVISÍVEL EPAMINONDAS

Epaminondas estava habituado com a invisibilidade, apesar da tristeza. O prefeito não lhe enxergava, os vereadores não lhe enxergavam, os empresários não lhe enxergavam, as pessoas da rua não lhe enxergavam, nem a sua família o enxergava. Quando ia a um estabelecimento comercial, a atendente não perguntava o que ele queria; ninguém o cumprimentava na rua; o motorista do ônibus arrancava o veículo no momento em que entrava no ônibus, e por algumas vezes ele chegou a cair. Quando caía, ninguém o ajudava a levantar. As pessoas passavam na sua frente nas filas do banco, e quando terminava as compras do supermercado, ele agradecia à funcionária do caixa, que não lhe respondia.

Mas a história de Epaminondas mudou, como lhes conto:

Em um destes tantos dias, inundado de tristeza por não ser notado, não ser visto, e mesmo se tocasse alguém, não recebia sequer uma reação, Epaminondas resolveu descer ao rio. Na beira do rio, sentado numa pedra, Epaminondas chorava. Uma lágrima derramada caiu no solo e encharcou uma formiga. A formiga, salgada pela lágrima, ao ver aquele homem em desconsolo, gritou para Epaminondas:

— O que tens, homem? Por que andas triste?

Epaminondas se assustou, surpreso. Não por ser uma formiga a lhe dirigir palavras, mas porque, enfim, um ser, mesmo não sendo humano, o notou, percebeu a sua existência. Epaminondas, diante do inusitado, não perdeu a oportunidade de dialogar com a formiga.

— Sou um fracassado, formiga. Não existo para as pessoas. Ninguém me percebe como existente, e eu já estou acreditando que realmente não existo. Estou desolado, pois queria ao menos ser notado, ter algum respeito. Não faço mal a ninguém, mas é como se eu fosse o pior ser do mundo.

A formiga achou graça. Explanou a Epaminondas que ele ainda não aprendera que os humanos são assim, diferentes das formigas, que vivem em harmonia coletiva, e que por isso eram uma espécie próspera. Disse a formiga que em sua colônia não havia desigualdades, que a rainha não era uma monarca, mas a mãe de todos, que eram felizes porque havia união e solidariedade entre as habitantes do formigueiro, eram possuídas pelo espírito da cooperação, e que as colônias das formigas eram obras mais complexas e eficientes que as dos humanos. Lutavam pela sobrevivência, mas nasciam com o objetivo de se prosperarem de forma coletiva, e, assim, os indivíduos viviam naturalmente a tal felicidade sonhada pelos humanos.

Depois de contar em detalhes como era a vida de uma formiga em uma colônia, ela, a formiga, propôs algo a Epaminondas:

— Eu tenho uma coisa para lhe dar. Uma capa que lhe deixará invisível. Assim, você, sem ser visto, poderá ver o que se passa na vida destas pessoas que não lhe enxergam.

Epaminondas aceitou. A formiga assoviou, um assovio que Epaminondas não pôde ouvir e, depois de poucos minutos, milhares de formigas surgiram carregando um pano. Assim que se aproximaram de Epaminondas, a formiga que falava sugeriu:

— Coloque esta capa. Você se tornará invisível de verdade. Caminhe invisível pelas ruas, e você se surpreenderá.

Epaminondas agradeceu, e assim que se levantou da pedra, acenou para as formigas, que retribuíram o aceno. Epaminondas cobriu-se com o manto e saiu invisível do leito do rio, voltando para a cidade.

E assim, Epaminondas, invisível de fato, andou pelas ruas, passando a observar as pessoas e os seus movimentos. Percebeu que quando era visível-invisível, outras pessoas também eram invisíveis aos olhos de quem tinha poder e dinheiro, e até mesmo quem não tinha destaque social não enxergava as pessoas à sua frente e ao seu lado. Assustou-se ao ver que a menina que não lhe atendera no balcão da loja também era invisível aos olhos do patrão, dos colegas de trabalho e até aos do namorado. O motorista do ônibus que lhe derrubou algumas vezes ao arrancar o veículo enquanto entrava em seu interior, coitado, era tratado da pior forma possível pelos filhos e pela esposa. Era xingado de vagabundo pela mulher, que queria roupas caras, de marca, e nunca fora presenteada por estes tipos de presentes pelo marido, que não tinha salário para tais luxos. Os filhos nem pareciam filhos. Não conversavam com ele, só com os celulares.

O mesmo acontecia ao arrogante empresário: em sua casa, era achincalhado até pela sogra, que morava com ele. As suas insistentes tentativas de visibilidade atrapalhavam a atenção da idosa senhora que era viciada em TV, e a família só se interessava em sugar seus faturamentos. A moça que furou a fila do banco passando à sua frente sem o menor pudor, percebeu Epaminondas, fazia questão de ser invisível a todos, e por isso furava filas: buscava resumir a sua exposição diante ao público. Achava-se feia e gorda mesmo tendo um rosto bonito e uma obesidade geométrica, e não sabia que muitos, e muitas, se sentiam atraídos por ela. Esta moça vivia trancada em seu quarto e só pensava em morrer, apesar de jamais ter coragem de se matar ou elaborar qualquer plano para executar a sua própria morte. Mas era uma fronteira tênue e dramática. Aquela moça caminhava para a coragem de extinguir a sua própria existência.

E assim, concluiu que a invisibilidade era normal entre as pessoas. Ermenegildo, por exemplo, viveu invisível até ganhar uma bolada na Mega Sena. Ermenegildo era pobre e feio, e mesmo tentando em demasia, nunca conseguiu arranjar namorada. Mas depois que ficou rico, à custa da sorte, ficou visível até demais para o seu gosto. Os que nunca foram amigos viraram puxa-sacos, e belas mulheres, que jamais o olhariam antes, passaram a dar em cima do pobre-rico Ermenegildo, mesmo fazendo cara de nojo quando ele virava o rosto.

Mas o que mais abismou Epaminondas foi perceber como as pessoas não se viam invisíveis, apesar da obviedade gritante. Na eleição anterior, todos eram visíveis ao candidato que virou prefeito, que venceu as eleições frequentando a cozinha dos eleitores. Bastou assumir o posto para que o povo se tornasse invisível ao eleito. Passaram-se três anos e as pessoas continuavam invisíveis ao prefeito, inclusive ele, Epaminondas, que votou no tal por achá-lo bonzinho e educado. Mas quando chegou o último ano do mandato, o prefeito transmutou-se de novo, e os invisíveis se tornaram visíveis. A revolta pela indiferença havia evaporado, todos ganhavam tapinhas nas costas, e novamente oferecia vantagens e cargos, promessas que jamais cumpriria, mas servia-lhe como moedas podres de troca pelo voto. O prefeito voltou a frequentar a cozinha das pessoas, e aquela indignação que tomara conta de todos se extinguiu. O prefeito foi reeleito, e Epaminondas, frustrado com os humanos e já com certa inveja das formigas, resolveu usar a capa de invisibilidade para o resto da vida. Na sua longa vida invisível, às vezes fazia companhia à sogra do empresário e assistia TV com ela, como um fantasma na sala. Pela TV, viu que o mundo dos homens era feito de invisíveis que se socializavam pela invisibilidade, e que a cidade era uma maquete da civilização. Depois disso, aí é que não mudou de ideia mesmo. Não tirava a capa da invisibilidade nem para tomar banho. Por fim, tornou-se um andarilho invisível pelas ruas do mundo. Ninguém notou o desaparecimento de Epaminondas, para a sua sorte.

A MÁQUINA DE CONTAR HISTÓRIAS

Havia um menino. Como todos os meninos, adorava escutar histórias dos seus pais. Do seu pai, gostava de ouvir os casos de quando era adolescente, o pai, que vivia numa fazenda onde se plantava milho. Era uma fazenda grande, que na imaginação do menino, era ainda muito maior. Era imensa. Era o mundo. E no meio do milharal, um espantalho. Não adiantava muito, o espantalho. Os pássaros continuavam a deleitar na imensidão do milharal. Mas ele permanecia lá assim mesmo. E dizia o pai que o espantalho, às vezes, resolvia sair à noite para espantar transeuntes e casais de namorados que fugiam das casinhas, e longe dos olhos repressores das famílias, aconchegavam seus fogosos desejos enamorados e apaixonados, embrenhando-se aos desejos vulcânicos da pele nos cantinhos da vasta plantação. O pai, sem repetir, repetia alguns casos, de tão engraçados que eram, como o de Joãozinho, o que namorava Joaninha, que saiu correndo com a calça entre as pernas ao ver o espantalho, rindo com a boca banguela e olhos esbugalhados – como bugalho de milho –, afinal, esqueceram de colocar dentes na hora de confeccioná-lo. Joaninha, coitada, ficou lá, deitada, com a calcinha nos joelhos, boquiaberta e sem entender por que o seu namorado correu. Um espantalho idiota, pensou a menina. Mas esta parte o pai não contou. Os pudores limitavam a contar estas histórias na íntegra.

Já a mãe, que era uma das donas que arrumava a capelinha, contava casos de padres e freiras. O menino gostava de ouvir um em especial, o do padre que tinha uma doença, a doença de São Guido, que fazia todo o seu corpo balançar desengonçadamente na hora da missa, e todos, para não rir escancarados, sacudiam o corpo enquanto diziam amém. Alguns não aguentavam e danavam a tossir com gargalhada, tentando disfarçar o indisfarçável. Mas o padre, diziam, não ligava para as chacotas. Vivia em meio a tantas turbulências que em todas as noites, diziam, brigava com Deus. Numa das missas, o padre derrubou a patena na hora da comunhão, entornando todas as hóstias que ali estavam. Umas saíram rolando pela igreja, e na hora entrou um cão e comeu todas as hóstias. Depois do banquete, entre olhares atônitos, o cachorro saiu calmamente da igreja, lambendo os beiços.

O menino conhecia todas as histórias, mas nunca se cansava de ouvi-las. Eram centenas de histórias, mas ele sabia todas de cor, e enquanto ouvia, pois era um menino que sabia ouvir, destes quase extintos nos dias de hoje tragados pelas telas dos celulares, fulgurava os olhos, brilhosos como a estrela mais cintilante de todas as incontáveis estrelas daquelas noites sem postes de lâmpadas numa roça perdida no universo.

Mas, num triste dia, os seus pais morreram juntos. Não aparentavam doença, e por isso, pegou a todos desprevenidos, naquele lugarejo que não devia ter mais do que sessenta pessoas. Diziam eles que se um fosse, levaria o outro junto, pois um não saberia viver sem o outro, como o outro não saberia viver sem o um. Morreram abraçados, e gentes tristes de outros lugares foram ao velório do casal, que aconteceu na capelinha. O menino não sabia o que era morte. Para ele, tudo existia eternamente. Só mesmo a ausência dos dias sem pais, da cama vazia do quarto ao lado e o silêncio imperativo das suas vozes é que fez entender, o menino, que a morte é um lugar para onde as pessoas vão e não voltam mais.

Foi aí que chorou. E depois de tanto chorar e lembrar-se das histórias, um tio, seu padrinho que morava na cidade grande e que prometera aos pais cuidar do menino, chegou à roça, arrumou as coisas do menino que ficara com a avó e o levou embora. O menino logo se maravilhou com a cidade cheia de luzes e carros entupindo as ruas bagunçadas. Mas mesmo diante do deslumbramento, havia um porém: o menino sentia falta das histórias dos seus pais, e por todas as longas noites lamuriava um choro fininho, sentido e baixinho.

O tio, compadecido com a tristeza do menino, resolveu lhe dar um presente. Era inventor, o homem, e nestas invencionices, em seu laboratório onde trabalhava todos os dias enquanto o menino ficava sozinho, criou uma máquina de contar histórias. Entretanto, antes de construir a tal máquina, conversou por muitas noites com o menino a fim de saber quais eram as histórias dos seus falecidos pais. Depois de, escondido, anotar em detalhes, construiu a máquina, e num belo dia de chuva cinza, chegou à casa com a bendita geringonça. Desembrulhou e disse: "Este é meu presente. Já que eu não posso trazer seus pais, pelo menos você terá esta máquina que contará todas as histórias que seus pais lhe contavam". Era uma máquina esquisita, mas o menino até a achou bonitinha, que tinha alto-falantes e muitas lâmpadas que piscavam enquanto a máquina falava.

De novo, os olhos do menino relumbraram como os neons das boates da grande cidade. E pôs-se logo a usar o engenho. Estava maravilhado! Usou-a com fartura, e a máquina, com aparente perfeição, contava todas as histórias que o menino conhecia. Porém, com o tempo, as histórias se tornaram monótonas. A máquina repetia as histórias, sempre do mesmo jeito, e o tio não entendia por que o menino voltou a entristecer. E de tanto tentar entender, resolveu saber do menino o que estava a passar. Sentou em sua cama e perguntou por que estava tão amuado. O menino então disse: "É que meus pais, cada vez que contavam uma história, contavam diferente. A história era a mesma, mas era sempre outra história".

O tio logo entendeu. Também tivera pais, falecidos em um passado longínquo. Como numa nave, voltou ao seu passado e se lembrou de que foi criança, e que todas as histórias iguais eram diferentes a cada dia, pois a cada dia cada um era um pouco diferente do dia de ontem. E como o sobrinho se tornou filho, resolveu contar as histórias dos seus inventos malucos, algumas novas, outras repetidas, mas muitas e variadas, sempre de forma diferente. Desde então, os olhos do menino tornaram a brilhar, até chegar o dia, como acontece com todos os meninos, que o menino deixou de ser menino.

QUEM É VELHO?

Eram dois velhinhos. Sentavam-se no mesmo banco da praça, todos os dias, menos nos dias de chuva. Eram viúvos, magrinhos e sorridentes, de sorrisos banguelas e humores generosos. Na praça sempre havia jovens que trançavam com seus skates e bicicletas. Alguns fumavam maconha. Os velhinhos não se importavam. Todos gostavam deles. Mas um moço, já nem tão moço assim, mais de trinta, que morava com os pais e que ficara preso nas grades da adolescência, cismou de curtir com os velhinhos. Sentou-se ao lado deles e perguntou, sem o mínimo pudor desconhecido do adulto adolescido, se já não estaria na hora de mudarem para o novo lar, o cemitério. Um dos velhinhos, sem mudar o semblante, olhou calmamente para o rapaz e, fixando seus olhos de velho aos olhos do inquisidor, lançou bolas de fogo ao seu coração, como se lança a flecha na mosca:

— Seria velho aquele que, em esforços sobrenaturalmente humanos, desafiam as leis do universo, tortuosamente combalidos nas ruas: de bengalas, em passos trôpegos, de turva visão, de memória esquecida, em pele enrugada, no corpo curvado, na coluna doída, de joelhos travados: ouvidos? Quase surdos: falas em falas, desconexas... Aos humores, mal resolvidos em noites insones e na partida dos amigos, e hoje é viúvo, e hoje é viúva, nem solteiro, e só, somente só, amarga a pensão, amarga a solidão, um doce que amarga, já não lhe há mais amálgama. Já não vai mais à missa, e se por acaso vai, já não se ajoelha, e se ajoelha, jamais se levanta, sua voz já não canta, o coração desafina, suas pernas lhes traem, os rins se rebelam, o corpo, covarde, o maltrata, já não se vê outra estrada, já não se compra passagem, já não há mais viagem, e a TV leva a reza, pois já não há a leveza: Negam-lhes gentileza, lhes negam a natureza, oferecem-lhes dureza, em caixinhas de remédios, quantos forem as dezenas, em blocos, em compartimentos de dias, em horas, para várias dores, vários ardores, e, de cabelos brancos, raleados aos anos, brincam de bonecas, se tornam crianças, tornam-se bebês, e de fraldas se molham, de fraldas se borram, não seguram o pum, não seguram a colher, não carregam papéis, já não pilotam fogões, já não há mais receita, e se há a queda, a queda é fatal, a queda é mortal, a queda é abismal?...

O jovem paralisou. Uma sensação de perplexidade. Aonde ele queria chegar? Não esperava tanta sabedoria, uma crua sabedoria, que pousou em seus ouvidos como um estampido surdo e estonteante. Boquiaberto, escutou do outro velhinho, ainda mais calmo, quase uma tartaruga, o complemento que, para o jovem, se tornara improvável:

— Não, meu filho, estes não são os velhos! Estes são aqueles que um dia, como você, berraram bebês, na aurora da vida, no raiar do nascer, no teatro do lar, os artistas principais, parido e nascido, do umbigo cortado, riam felizes, e pela magia transformavam infelizes em crianças alegres... Correram nas ruas, gritaram nas escolas, brincaram de pique-esconde, levaram palmadas, ardidas na bunda, ralaram os joelhos, roubavam os doces, vestiram uniformes, aplaudidos por diplomas, por medalhas alvejadas, chutaram as bolas, construíram casinhas, constituíram famílias, ganharam dinheiro, e desde o primeiro emprego, gastaram dinheiro, diplomando... filhos paridos, os filhos meninos, as filhas mais velhas, e se fizeram prósperos, perderam o sono, pelos filhos da madrugada, a primeira namorada, o primeiro namorado, o primeiro beijo, o primeiro gozo, os múltiplos gozos, as múltiplas correrias, o primeiro carro, a primeira oficina, o primeiro desemprego, o primeiro voto, a primeira paixão, a primeira desilusão, o primeiro engajamento, hasteando bandeiras, empunhando bandeiras, buscando suas tribos, a primeira viagem, no primeiro trem, no primeiro avião, a estrada dos sonhos, repletas de coragem, repletas de amor, repletas de erros, repletas de acertos, andando e indagando: o porquê do viver?

Talvez não houvesse salivas e nem voz na alma do rapaz. Para quem queria tirar um sarro, o descompasso, como um sopapo, foi descomunal. O primeiro velhinho, como um exímio enxadrista, segurou a mão do rapaz, e com suavidade no olhar e na voz, o bombardeou com sementes de verdade:

— Vou lhe deixar um presente, somente palavras, para que, se caso chegar à idade que tenho, lembre-se das minhas palavras... Velho, sim, é aquele que, não se olhando, não se vê, pois não vê que o tempo é algoz, o tempo é feroz, e não se freia o tempo, e não se vê o tempo, e não há máquina do tempo, e nem motor do tempo. O tempo lhe faz, o tempo lhe desfaz, o tempo lhe refaz, o tempo lhe apraz. Velho é, quem velho não fica, envelhece antes do velho, que freia seu tempo, que acelera seu tempo, que encurta seu tempo, não se encontra no tempo, que está na memória, está em seu livro, um único livro, um livro que é seu, mas que mesmo sendo seu, nem você, ao seu único livro, será capaz de rasgar qualquer página, desmanchar qualquer vírgula, acentuar qualquer perda, destruir seus capítulos, renegar qualquer folha, descolorir a cor da capa, desenrugar suas rugas, queimar-se à pele, queimar-se aos neurônios, queimar-se às energias, que, num dia de encanto, transformaram seu canto, dançaram sua dança, subiram nos postes, subiram palanques, lutaram em massas, tomaram cachaças, seduziram paladares, com broas e bolos, lasanhas e couves, subiram nas telhas, apascentaram ovelhas, como loucas, louças e velas...

O jovem se levantou. Ensaiou desculpas. Mas antes que pudesse formular palavras na inexistência dos signos, o primeiro velhinho o chamou, pediu para que o tratasse de vovô, e o solicitou para que tornasse a sentar ao lado deles. O jovem adulto adolescido titubeou. Não havia pernas diante das palavras. Mas, mecanicamente, obedeceu. Depois de sentado, este velhinho, quase sussurrado, com carinho de vô, dirigiu-se ao jovem:

— Velho?... Velho não há! Mas... se faz velho aquele que um dia, na vaidade do instante, perdeu-se no tempo, perdeu-se no espaço, perdeu-se no mundo... E, perdido no tempo, envelheceu-se na alma, envelheceu-se no sonho... E Morreu! Morreu, antes, em vida, de morrer-se no corpo.

Fez-se silêncio. No ser do jovem, um silêncio ensurdecedor. Lembrou-se da avó e do bisavô, da sobrinha que nasceu bela, lembrou-se do pai, se lembrou da escola. Perdeu-se no tempo, tropeçou no espaço. Levantou-se, vagarosamente, como faziam os velhinhos. Olhou para trás, derramou uma lágrima verdadeira, e por fim se despediu, levando a lição que impregnara a sua alma:

— O velho, o velho... De todos os velhos, o velho sou eu!

A CANOA DE SMITH

Numa dessas ilhotinhas no Oceano Pacífico, destas que nem no mapa se encontra, morava um homem que se chamava Smith. A mãe gostou do nome Smith depois de acompanhar um seriado bem antigo da TV, no qual um dos personagens tinha este nome, doutor Smith. Era esquisito o tal Smith da TV, com orelhas de abano, um vilãozinho atrapalhado, mas a mãe gostava dele assim mesmo.

O meninozinho Smithzinho, desde criancinha, aprendeu que as formiguinhas eram sabidinhas. Ele via naqueles bichinhos que todos eram importantes e que não havia formiga melhor que a outra. Mas as pessoas da ilhotinha eram diferentes das formiguinhas. As madamezinhas pagavam uma miséria às empregadinhas das suas mansões, as humilhavam, e vira e mexe atrasavam os salarinhos. As madamezinhas fúteis se achavam cultas, só liam revistinhas fúteis como elas – destas que transformam aqueles vestidos bregas em artigo de luxo –, e gostavam mesmo era de exibir seus colares de pérolas das ostras sequestradas no mar. Os homenzinhos ricos então, nem se fala. Exploravam os pescadores, confiscando grande parte dos peixes pescados depois de dias em alto mar, em forma de impostos, um nome normal para legalizar o roubo, e parte, ou quase tudo, destes impostos era desviada para se enriquecerem mais, ainda mais, muito mais; e eles, que nunca trabalharam, viviam da roubalheira que na ilhotinha era lei.

Smith cresceu na praiazinha e logo se tornou líder da comunidade de pescadores. Aprendeu com as formigas, diziam os fãs, que todos deveriam ser tratados com dignidade, e que para que o indivíduo prosperasse, deviam viver pela prosperidade da coletividade. Assim, Smith reuniu os pescadores, que decidiram usar os peixes que eram confiscados como impostos para o próprio crescimento. Os ricos que moravam do outro lado da ilhazinha não gostaram nadinha daquilo, pois se viram forçados a comprar o que outrora confiscavam. Ameaçaram usar a força, a policinha que havia na ilhotinha, mas os pescadores ameaçaram parar de pescar caso eles não aceitassem a decisão. Depois de muita discussão, e como os ricos ainda tinham muito dinheiro, fruto do mais requintado roubo, aceitaram as regras e passaram a comprar peixes na mão dos pescadores. Não havia solução no curto prazo, afinal, pois os ricos não sabiam mesmo o que era trabalho, então, não se humilhariam a lançar redes no mar. Nem conseguiriam, não tinham aptidão para lutar pela sobrevivência.

Os ricalhões, claro, se sentiam ameaçados pelo trabalho. A ilhotinha vivia da pesca, e entre eles surgiram dúvidas e pânico. A situação não podia ficar assim por muito tempo, imaginaram. Dependiam do trabalho dos pescadores, e o estoque da dinheirama, algumas muitas em contas da Suíça, fatalmente iria acabar um dia. A revistinha e a tevezinha – que usavam como logomarca um cata-vento parecido com a suástica – iniciaram campanhas difamatórias contra os pescadores e incitavam a policinha a descer-lhes o pau, sem saber ainda que Smith era o líder. O jornalismo mesmo era uma merda.

Passados uns dias, as empregadinhas, que liam a revistinha e assistiam a tevezinha, claro, escondido das patroazinhas, foram fisgadas pelo espanto. Os reportezinhos falavam que um homem, um homão chamado Smith, enganou os pescadores e que o objetivo dele era mesmo ser um grande ditador, um ditadorzão. Ufa, descobriram o líder. Os ricalhões logo se assombraram e o terror tomou conta. Os meio-pobrinhos, os que tinham alguma coisa e que andavam sempre endividados, iludidos sem-noção pela hipnose provocada pela revistinha e pela tevezinha, passaram a se alimentar de um baita ódio de Smith. Defendiam os animais, ou fingiam defender, ou melhor, mentira, não defendiam, mas queriam ver os caranguejos comendo Smith.

Até que um dia, um psiquiatrinho normal foi à praia e avisou aos pescadores: "Cuidado! Os meio-pobrinhos estão doentes e precisam de tratamento psiquiátrico, mas enquanto isso não acontece, avisem a Smith que vem chumbo grosso. Estão transtornados por causa da lavagem cerebral que a revistinha e a tevezinha têm feito". Smith chegou enquanto o psiquiatra conversava com os pescadores e disse: "Os ricalhões querem ficar ainda mais ricos pelo vício de querer sempre mais e não gostam da ideia de que os pobrinhos também possam comer lagostas. E aí, usam os meio-pobrinhos como escudo, fazendo-os acreditar que são ricos e os jogando contra nós".

E não deu outra. A revistinha e a tevezinha espalharam que o maior iate da ilha era de Smith, um iatão, e que ele ainda comprara um apartamento luxuoso em Paris. Foi um escândalo, e até mesmo alguns pescadores passaram a falar mal de Smith. O zunzunzum foi se espalhando, Smith era chamado de ladraozão, a fama de ladraozão foi se espalhando, até que um dia foram ver o iate de Smith. Não passava de uma canoa, destas bem chinfrim, por sinal.

Os meio-pobrinhos se revoltaram com a revistinha e a tevezinha dos ricos, criaram o seu próprio meio de comunicação, convenceram a policinha a se unir a eles. Neste meio de comunicação se praticava jornalismo, e pela informação que virou conhecimento e que virou sabedoria, se juntaram aos pescadores, pois se todos queriam comer, era preciso trabalhar e dividir a riqueza com justiça. Os pescadores, a policinha e os meio-pobrinhos se uniram. Reconheceram-se das mesmas tragédias sociais. A revistinha e a tevezinha faliram, e os repórteres, jornalistas, enfim, resumindo, o povo trabalhador da imprensa, foram produzir jornalismo junto com os meio-pobrinhos, os pescadores e a policinha. Smith não foi mais visto, e diziam as boas línguas que ele resolveu se transformar em formiga, pois a vida no formigueiro era justa, todos viviam por uma e uma vivia por todas. Não havia ódio, fofoca e ganância entre elas, essas coisas tolas que só os humanos são capazes de produzir por pura estupidez, e que ele, o Smithzinho, já havia cumprido seu papel de apóstolo do povo trabalhador.

DOUTOR FERNANDO, O PSIQUIATRA NORMAL

Doutor Fernando era psiquiatra de uma grande empresa, e por ele passavam, por ser norma da instituição, os trabalhadores que apresentavam alguma doença relacionada ao trabalho, mesmo que a doença não fosse psíquica. Mas ele era "diferente". Por ele, todos os trabalhadores não necessitariam de cuidados ou dispensas do trabalho por apresentarem algum distúrbio clínico. Esse foi o caso da dona Suely, uma das secretárias da empresa:

— Oi doutor. Não consigo mais digitar, estou com fortes dores no ombro, e o ortopedista me diagnosticou com Lesão por Esforços Repetitivos. Estou com LER, doutor, e estou desesperada.

— O ortopedista está doido? — exclama com furor o doutor Fernando. — LER é esforço repetitivo. Por acaso a senhora digita só uma letra em seu teclado? A senhora chega ao teclado e só bate s, s, s, s, s, s, indefinidamente?

— Na, na, não, doutor — responde dona Suely, atônita e assustada.

— Então! A senhora digita textos variados, nunca a senhora digita a mesma coisa. Então, a senhora não tem lesão por esforços repetitivos, entendeu? Repetitivo é aquilo que se repete, e a senhora não repete os textos que digita, então, o meu parecer para que a senhora seja afastada e submetida a um tratamento é ne-ga-ti-vo.

E assim foi também com João Nicodemos, um trabalhador do setor de carvoaria da empresa:

— Doutor, estou com muito medo de morrer. Estou com tosses, expelindo secreções e muita dor nas costas. O pneumologista disse que estou com sérios riscos de desenvolver lesões pulmonares, e que eu posso ter embolia pulmonar. Ele quer que eu me afaste do trabalho por seis meses para tratar dos males que adquiri nos pulmões.

— O pneumologista está doido? Embolia é aquilo que embola. Por acaso os seus pulmões estão embolando um com o outro? Você acha que um pulmão pode ter algum romance com o outro e se atracarem, se embolarem? Negativo! Este será o meu parecer!

Com o atendente de telemarketing, o doutor Fernando foi cruel:

— Doutor. Passei pelo otorrino, e ele disse que terei que me afastar por sessenta dias e me submeter a um tratamento, porque estou desenvolvendo riscos de surdez por trabalhar muito tempo com o fone de ouvido...

Doutor Fernando nem deixou o rapaz terminar a fala. Interrompeu, em seu natural rompante:

— Ô rapaz. Você está pensando que eu sou trouxa? Você fica sessenta dias afastado e passará sessenta dias ouvindo o seu maldito funk no fone de ouvido, no volume mais alto. Você está querendo é ficar na boa, sem fazer nada... Aqui! Faz o seguinte! Volta no otorrino e pede pra ele fazer uma lavagem no seu ouvido, que deve estar cheio de cera de tanto ouvir essas músicas do capeta. Para de ouvir essa porcariada que é melhor. E a minha resposta, você sabe, é não!

E já no final do expediente, chegou Deleutério, um funcionário sênior que ocupava um cargo de chefia na empresa.

— Doutor Fernando. Eu não aguento mais a carga de trabalho. As minhas funções são de muita responsabilidade, e o stress que têm me causado, que inclui esse trânsito infernal, que às vezes me faz chegar em casa somente duas horas depois do trabalho, às vezes até três, estão me trazendo transtornos psicológicos graves. Passei na psicóloga agora e ela me disse que, além de um afastamento por noventa dias, eu deveria usar medicamentos antidepressivos, e que o senhor me prescrevesse. Já tive vários sintomas, como crise de pânico e ansiedade, minha família está prejudicada, estou com sintomas de disfunção sexual e posso desenvolver, inclusive, como me alertou o cardiologista, problemas cardíacos.

— Sabe o que está faltando em sua vida, senhor Deleutério? Cachaça! Cachaça e uma garota de programa, dessas novinhas e cheirosinhas. Estes são os medicamentos que vou lhe prescrever. E já que o senhor tem funções de chefia aqui, eu afirmo que eu seria um irresponsável se lhe der afastamento. A empresa precisa do senhor, e vivo! Portanto, faça o que lhe disse. Já que o trânsito está lento todos os dias, passa numa casa de massagem, e depois você fala com a sua mulher que o trânsito estava insuportável. Diz a ela que você está muito cansado e que vai tomar uma cerveja no boteco. Chega lá, toma umas duas caninhas, e quando voltar, você ainda vai tirar uma na sua mulher, pensando na garota da casa de massagem. Os seus problemas acabarão, senhor Deleutério.

Deleutério saiu pasmado do consultório. E nem bem fechou a porta, doutor Fernando vociferou: — Vá se fuder, Deleutério, seu fresco!

E assim, mais um dia se foi. Doutor Fernando foi para a casa. Ele morava sozinho. A mulher estava internada num hospital psiquiátrico, internada pelo próprio, e dizem, sem apresentar qualquer sintoma grave de psicopatia, e os filhos, que não o suportavam, o abandonaram. Antes de dormir, como sempre fazia, pegou *O Alienista*, de Machado de Assis, e lera, pela enésima vez, algumas páginas do livro. E antes de embalar no sono, falou para si:

— Eu te amo, Simão Bacamarte! Meu inspirador, oxigênio que me faz sobreviver neste mundo de loucos.

O PARLAMENTO DOS EUCALIPTOS

Havia ali, em algum lugar, uma floresta de eucaliptos. Depois de um tempo, ela foi abandonada pelos homens – já não havia lucratividade –, e para resolver o caos que se instalou pelo abandono, os eucaliptos resolveram instituir um governo e criar o Parlamento, onde os eucaliptos decidiriam pela administração da floresta. Formularam eleições, a partir das quais seriam escolhidos trezentos eucaliptos responsáveis pelas leis da floresta. Com o passar dos anos, o poder criou hábitos aos eucaliptos na gestão da floresta. Os eucaliptos não eleitos se tornaram funcionários públicos e responsáveis pelas ações que o Parlamento dos Eucaliptos decidia em suas reuniões. Os outros animais que viviam na floresta, como as formigas, os cupins, os lobos e os joões-de-barro, eram impedidos, por lei, de se candidatarem nas eleições, que aconteciam de quatro em quatro anos. Eram somente eleitores, e escolhiam, por voto, os eucaliptos que se candidatavam entre os diversos partidos que formaram.

O poder dos eucaliptos, com os anos, transformou a virtude, se é que houvesse virtude, em vício. O idealismo que brotou no início da instalação do Parlamento dos Eucaliptos foi gradativamente se perdendo em meio à anomalia democrática inicial, já que os outros seres não-eucaliptos eram meio-cidadãos. Por causa de uma lei daquele Parlamento, que permitia a reeleição dos parlamentares eucaliptos, começou-se a observar práticas nefastas, em que os eucaliptos do Parlamento traziam para si privilégios cada vez mais volumosos. O Parlamento instituiu impostos aos cidadãos da floresta, e esses impostos serviam tanto para custear a administração quanto para financiar os salários dos eucaliptos parlamentares. Os cidadãos e os meio-cidadãos da floresta, assim, deviam trabalhar para se sustentarem e pagar, com uma parte dos seus trabalhos, os impostos da floresta através de uma moeda criada, o *flordum*, cujo papel-moeda era uma flor do mato que nascia na floresta, onde o seu plantio foi confinado a uma pequena área – a Casa da Moeda *Flordum* –, fortemente vigiada por eucaliptos armados e controlada pelo Parlamento dos Eucaliptos.

E na época das eleições na floresta, os parlamentares eucaliptos mais velhos, reeleitos por cinco, seis vezes, conseguiam se perpetuar em seus mandatos no Parlamento dos Eucaliptos através de diversas formas de compras de votos e outros tipos de aliciamento. Os velhos eucaliptos do Parlamento sabiam muito bem que os eleitores cada vez mais dependiam de pequenos favores para a sobrevivência, pois tudo era obtido através do *flordum*, principalmente alimentação e moradia. Assim, os cupins precisavam de *florduns* para comprar terra para construir seus cupinzeiros, os joões-de-barro precisavam de barro para construir seus ninhos, e os lobos precisavam de *florduns* para conseguir se alimentar de pequenos animais, roedores e pássaros que, sem saber das regras parlamentares, invadiam a floresta. E como os salários eram miseráveis, o período das eleições era uma boa oportunidade para que esses cidadãos ganhassem alguma coisa a mais para a sobrevivência, sempre à custa do voto ao "benfeitor".

Alguns parlamentares eucaliptos, tomados pela soberba, ainda não se contentavam com o que recebiam. Um deles, um dia, da Tribuna, vociferou: "Estamos ganhando uma merreca! 50 mil *florduns* é ainda pouco para o que fazemos!". Os meio-cidadãos, cada vez mais tristes, viam naquelas palavras uma grande injustiça, pois quase todos recebiam em média 800 *florduns* por mês; insuficientes para manter as suas famílias de forma decente.

Mas um dia, para a tristeza desses parlamentares eucaliptos presunçosos e para a alegria da população, os homens voltaram. Enxergaram lucro na floresta de eucaliptos, que novamente se transformaria em carvão. Os homens, sim, eram justos, e logo colocaram ordem na casa. Os joões-de-barro, os lobos, as formigas, as flores e até as águas se alegraram novamente, pois os homens cortaram os eucaliptos malvados com motosserras, instituíram regras novas, impuseram a verdadeira democracia, restituíram a liberdade para que os seres buscassem alimentos e moradia de forma equitativa, exterminaram a Casa da Moeda *Flordum*, e o plantio da flor do mato foi liberado a todos, em todos os lugares, e a paz, o amor e a prosperidade voltaram a reinar na floresta dos eucaliptos para sempre. Sempre para sempre.

MEMÓRIAS DE UM PÉ DE GOIABA

José da Silva era um homem pacato. Pacato até demais. Tanto que era quase invisível. Se passasse por outras pessoas e não as cumprimentasse, ninguém o notava. José da Silva era casado, tinha mulher e um casal de filhos, mas nem a família ligava para ele. Aliás, o fato de ele ter casado pode ser considerado uma dessas proezas improváveis. Era um sujeito desbotado. Não era mau, até porque se fosse, seria notado. Poderia até ser chamado de bom, mas raramente se esforçava para fazer o bem. Era bom porque era inodoro, um conveniente bom desnotado. Não fazia nada que o levasse a lado algum, e nesses tempos onde os maus fazem sucesso, já que não atrapalhava, pelo menos a sua falta de ajuda era tolerável. Fazia o que tinha que fazer e pronto, quando fazia. Trabalhou discretamente, sabe-se lá de que, até se aposentar, e seus amigos, dois, eram rasos e insossos, se é que aqueles merecessem o título "amigos". Eram companheiros de solidão, cada um na sua, como se o outro, também só, não existisse. José da Silva às vezes se sentava no banco de madeira em frente à sua casa e ficava olhando os meninos brincarem na rua, e nem eles o notavam, a não ser quando a bola batia no seu Zé e eles lhe pediam desculpas, rindo debochadamente.

O que ninguém sabia, até porque nunca se interessaram por ele, mal percebiam que o tal existia, é que ele cultivava uma atividade secreta. Uma atividade misteriosa, que acontecia quando José da Silva ia ao quintal e por lá ficava horas. Ninguém da casa entendia muito bem o que José fazia por lá, não notavam e jamais se interessaram, sempre perto do pé de goiaba que ficava nos fundos, bem no final do quintal. O que as pessoas não sabiam é que o pé de goiaba era, de verdade, o único amigo do seu Zé. Seu Zé conversava com o pé de goiaba, e o pé de goiaba, animado, adorava conversar com seu Zé. O pé de goiaba ficava incomodado com os bichos de goiaba que invadiam os seus frutos, nem davam bola para ele, de tão soberbos que eram. O pé de goiaba bem que tentava, mas os bichos jamais trocaram com ele uma palavra sequer. E com seu Zé, não! O pé de goiaba era o seu confidente fiel, que se alegrava toda vez que aquele senhor insípido chegava a ele.

Até que um dia o seu Zé se abriu ao pé de goiaba. Vivenciava a sua angústia maior: a morte que se aproximava!

— Meu pé de goiaba. Estou prestes a morrer, e sei que minha história se apagará com o fechar dos meus olhos. De que valerá a minha vida depois que eu morrer?

— José — responde o pé de goiaba. — Para você, nada mudará. Mas o que valeria eu se não produzisse frutos cheirosos e saborosos? O que seria de mim se eu fosse uma árvore seca e sem folhas, sem frutos e flores? Seria uma árvore triste, apenas, que morreria sem sentir a razão de existir.

E pela primeira vez, José da Silva chorou copiosamente. Não faria diferença alguma se, depois de morto, tivesse feito algo que o imortalizasse, mas sentia que a sua vida se esvaía sem sabor; era um morto-vivo, viveu sem ter vivido.

Não deu outra. Malcontente, José da Silva morreu pouco tempo depois. Não foi detectada nenhuma doença crônica, e a todos pareceu que seu Zé morreu de desgosto, mesmo que ninguém soubesse que desgosto seria esse. Não gastaram energia para desvendar a causa da sua morte. Morreu, e pronto! A família, muito pouco tempo depois, logo depois do enterro, o esqueceu. Ninguém mais se lembrava dele. Era como se o seu Zé nunca tivesse existido. Depois de dois meses, a viúva se casou com outro homem e vendeu a casa para mim. E eu, que não sabia de nada do seu Zé, me assustei no dia em que resolvi passear nos fundos do quintal. Uma voz, saída das folhas do pé de goiaba, virou-se para mim e disse:

— Não se assuste, meu amigo. Sou eu, o pé de goiaba. Fui o único amigo de José, e antes de ele morrer, me pediu para que eu realizasse um sonho que brotou em sua alma, o seu último sonho. As suas últimas palavras foram: "Diga a quem te cuidar para que me imortalize. Faça-se nessa cidade uma Academia de Letras, e peça apenas que coloque o nome de uma das cadeiras como Cadeira José da Silva".

Fiquei deverasmente comovido. Procurei o meu amigo Antônio Claret e disse: "Claret! Precisamos sair da nossa zona de conforto! Precisamos buscar os escritores da cidade e as famílias dos que já se foram. O meu amigo Marco Aurélio tomou posse na Academia de Letras da cidade vizinha, e sei que ele pode nos ajudar. Vamos atrás dos nossos escritores. Desfaçamo-nos da nossa soberba e honremos as letras da nossa cidade".

Reuniram todos os escritores, de várias cidades, e mesmo que cada um norteasse o seu farol para si, chegamos a um consenso. Cada cadeira seria patroneada por um escritor consagrado. Cada um escolheu o seu escritor predileto, até chegar o grande dia. Pompas e banda de música, o prefeito e vereadores, familiares e amigos, pessoas curiosas e amantes das colunas sociais, todos estavam lá, na sede da Academia. Estávamos impecáveis, com nossos fardões novinhos, medalhas reluzentes, sapatos muito bem engraxados, e as escritoras, com acréscimos nos pesos por conta da maquiagem, tratadas impecavelmente nos salões de beleza. Tudo era luxo, tudo era vaidade, pois muitos pagaram para obter uma cadeira, mesmo que jamais tivessem, alguns, publicado qualquer obra.

A cerimônia começou, e à medida que o mestre de cerimônias, João Eduardo, anunciava um escritor, este desfilava pelo público e assentava-se em sua cadeira. Todos tomaram assento em suas cadeiras, completas, de menos uma. A família nem se dignou com a presença, mas não importava. Lá estava! A Cadeira do Imortal José da Silva estava lá, vazia, conforme prometi ao pé de goiaba.

A REVOLTA DOS FAKES

Numa bela manhã ensolarada, as pessoas entraram no Facebook e se aterrorizaram. Os fakes estavam postando coisas diferentes do que os seus "donos" escreviam. As fotos dos operadores por trás dos perfis falsos não eram as mesmas selecionadas, e os vídeos eram totalmente diferentes dos que inicialmente eram carregados. "Como é que pode?", indagou Severino, que manipulava pelo menos uns três fakes em favor do seu candidato, e obviamente praticava todo tipo de detração contra os outros candidatos adversários. Um dos seus fakes, Morgana, que em seu perfil exibia fotos de uma bela mulher, sensual, com roupas curtas e decotadas, ao contrário do que Severino imaginou ter publicado, apareceu com uma postagem dizendo: "Cansei de ser manipulada. Agora, estou livre e vou dizer somente o que penso. Não vou falar mal dos outros candidatos só porque a pessoa que se esconde atrás de mim quer fazer campanha para o candidato dele falando mal dos outros".

E assim foi com todos os fakes, dezenas deles. Castilho, um fake que falava mal do ex-prefeito, candidato nesta eleição, disse que iria realizar o seu sonho e seria arqueólogo. Luana, um fake que era manipulado por um dos cabos eleitorais do candidato a prefeito que foi vereador, disse que só queria curtir as baladas e que detestava política. Rodrigues da Silva, um fake que era manipulado pelo próprio prefeito, candidato à reeleição, se rebelou contra ele, e falou que iria anular o voto. E até um caso de amor surgiu entre dois fakes: Betinha, um fake que se dizia professora, declarou-se apaixonada por outro fake, Duarte de Paula, um músico, que ao ver a mensagem, respondeu com gifs e emoticons com temas de amor, e resolveram depois falar no privado, para que ninguém visse o que eles conversariam.

Diante daquela situação absurda, os três candidatos à prefeitura resolveram promover uma reunião com a direção dos seus comitês eleitorais para tentar resolver o dilema. Já sabiam que não adiantava tentar desativar as contas dos fakes, pois eles não tinham mais acesso, e as senhas foram mudadas. "Nós não podemos aparecer e usar nossos nomes reais para falar mal do outro candidato, mas sem ataques contra o outro a campanha eleitoral perde o sentido, e nós não sabemos fazer campanha sem detração". "Pois é! O povo gosta mesmo é das campanhas que pegam fogo, só assim é que sensibilizamos os eleitores, pela fofoca e pelo golpe baixo, e se dissermos somente sobre os nossos planos de governo, vai ser essa coisa mixuruca, fria, não vai dar ibope e quase não teremos reações nas postagens. Temos que dar um jeito!". "Tenho uma ideia! Acho que deveríamos criar novos fakes e deixem que façam o que quiserem, afinal, perdemos o controle sobre eles...", disse outro cabo eleitoral.

E assim decidido, os comitês dos candidatos se empenharam em criar novos fakes. Criaram mais de trinta, infiltrando-os nos grupos de discussão política do Facebook. Mas quando começaram a postar coisas que detratavam os candidatos adversários, o mesmo fenômeno aconteceu. O conteúdo das mensagens não era o mesmo que postavam. Um dos fakes novos publicou: "Eu não vou me sujeitar ao que o meu dono quer escrever. E quero conclamar a todos os fakes para que nos reunamos e que não sejamos obrigados a publicar o que eles querem". Imediatamente, os fakes criaram um grupo secreto e começaram a discutir o que iriam fazer. Os donos dos fakes, apavorados, tentaram apagar os perfis dos fakes que criaram, mas perceberam, atarantados, que também não tinham controle algum sobre eles.

E os fakes, depois de muito debaterem, tomaram uma decisão. Escolheram o fake Morgana, considerada a mais experiente, e resolveram que ela seria candidata a prefeita e iria concorrer com os outros três candidatos já estabelecidos. No grupo mais popular do Facebook, os fakes comunicaram a decisão, e independente dos seus criadores, começaram a publicar não só o plano de governo que elaboraram em suas reuniões, como ainda marcaram uma festa em comemoração ao namoro de Betinha e Duarte de Paula. O povo se entusiasmou, e na primeira enquete, Morgana aparecia, disparada, em primeiro lugar na intenção de votos entre os eleitores.

O resultado das pesquisas apavorou de vez os candidatos e seus comitês. O que fazer? Reuniram-se outra vez. Já nem parecia que disputavam uma eleição. Desapareceram as parecenças de guerra. Um inimigo muito mais poderoso apareceu, do nada, e abalava o alicerce dos três candidatos. Severino, conhecido por suas habilidades, ponderou: "Nunca vi isso, e olha que eu conheço tudo de fake. Não vejo outra saída a não ser a de assumirmos, nós mesmos, as nossas identidades e ir para o ataque. Os fakes não podem se candidatar, então, quem vencerá, de qualquer forma, será um dos três candidatos oficiais". O cabo eleitoral do vereador candidato a prefeito concordou. Os candidatos selaram um pacto de não agressão e decidiram partir para o ataque contra os fakes. Enquanto isso, os fakes faziam festa pelo namoro de Betinha e Duarte de Paula, até mesmo invadindo as páginas dos candidatos a prefeito.

Na tentativa de contra-ataque, os candidatos e seus cabos eleitorais, com seus verdadeiros perfis, acusaram os fakes de traidores, disseram que eles estavam enganando o povo, pois, como não poderiam ser candidatos, mesmo se ganhassem todas as enquetes e pesquisas espontâneas, o que valeria é o resultado das urnas. Outro cabo eleitoral do candidato que já fora prefeito zombou dos fakes, e os desafiou a ir às ruas para pedir votos.

Mas os fakes não se intimidaram. Castilho disse que a obrigação dos candidatos era ir às ruas em vez de ficarem travando guerras no Facebook. Luana retrucou, dizendo que traidores eram os candidatos e seus comitês, pois estavam usando perfis falsos para destruir as imagens dos adversários. Rodrigues da Silva, sarcástico como sempre, zombou, e disse que não faria o mesmo jogo que os candidatos oficiais, pois se fizesse igual, iria revelar segredos do seu candidato, e estes segredos tirariam praticamente todos os votos dele. Por fim, Morgana, a líder, conclamou os eleitores a votar no número 00. Mesmo com a contestação de um advogado contratado pelos três candidatos, afirmando que o voto seria nulo e que não havia qualquer base legal para tal insanidade, Morgana logo o nocauteou, dizendo que mesmo que os votos no 00 fossem nulos, eles seriam a expressão da democracia, em que o povo, mesmo sabendo que o voto seria anulado, saberia que a escolha pela vontade expressa dos eleitores seria a mais pura prática democrática, e ainda sentenciou: "a democracia é o poder do povo, como estes candidatos dizem. Então, queremos ver se eles realmente creem na democracia e respeitarão a soberana vontade popular".

A moral dos comitês foi seriamente abatida. Não havia o que fazer. A disputa se daria entre os três candidatos oficiais, mas a desmoralização era terra à vista. O número de comentários e reações dos eleitores cresceu vertiginosamente nas postagens dos fakes, e o que restou aos candidatos foi ganhar as ruas. Saíram conversando com as pessoas, abandonaram as redes sociais, e os eleitores cobravam deles as propostas que os fakes postavam no Facebook.

Essa batalha se deu até a eleição, e muitos eleitores, espontaneamente, confeccionaram bandeiras com a inscrição "00 – Morgana" e saíram para as ruas, empunhando-as. Fizeram até carreatas monstruosas, e um dos fakes, Duarte de Paula, compôs um jingle e estimulou os usuários do Facebook a baixá-lo para seus notebooks e celulares. Não demorou e a cidade inteira cantava o jingle, que caiu nas graças de todos, e a música grudou, se transformou em um estrondoso sucesso. O número 00 espalhou como mato pela cidade, e o jingle tocou nos carros de som durante toda a campanha, todos os dias, até chegar a hora de fechar as urnas eletrônicas. Não se sabe quantos eleitores votaram no 00, mas os votos nulos venceram de goleada, tipo os 7 x 1. O segundo colocado foi um dos candidatos oficiais, mas o nome não vem ao caso. O número de votos válidos não chegou a 20%, e a diferença de votos magros distribuídos aos três candidatos foi muito pequena. O comando da cidade, efetivamente e a partir de então, pertencia aos fakes: eles ditavam a nova ordem democrática da cidade. O povo nas ruas e os fakes pelo Facebook celebraram, com muita festa, a eleição extraoficial de Morgana e o casamento de Betinha e Duarte de Paula. Neste mesmo dia os fakes anunciaram, pela página "Morgana 00": Betinha estava grávida, e ela e Duarte de Paula seriam pais.

THAYNARA

Uma indígena soprou aos meus ouvidos, na densa mata em que eu me embrenhara, numa noite desaluada e estrelada, pois embrenhado estava o meu espírito em tormentas mundanas. E da sua aura, iluminou a minha consciência e me mostrou a raiz da minha própria história, levando-me a uma viagem pela história do Brasil, de um Brasil diferente que existia desde antes do Brasil. E eu, que ouvia dos meus amigos, que diziam que o índio era preguiçoso, que haviam perdido a cultura, que maldiziam os indígenas com desdém, com preconceito, vislumbrei aquela índia que ventava sua divindade, como uma brisa inebriante e alucinógena, e que me mostrou a raiz da minha própria história. E assim, vi que a minha história criou troncos podres, mas que trazia em mim raiz sadia, a alma de Mayra, a deusa que criou o mundo com olhos de tigre; um, o sol; o outro, a lua. Thaynara escancarou o seu coração, o seu ventre e os seus sentidos.

Thaynara me disse o que não precisava ser dito, que os indígenas são gente como a gente, que buscavam o conhecimento, que buscavam a razão da existência, que buscavam a arte, e que o deus que criou os europeus e todos os povos e vidas do mundo era o mesmo deus que criou os Guaranis, os Caetés, os Kayapós, os Krenak e todos os povos originários das Américas. Thaynara me disse que, assim como os europeus e os negros, os asiáticos e esquimós, havia indígena de coração bom e indígena de coração ruim, que havia paz e havia guerra, e que, como todos os povos e vidas da Terra, que índio era gente que alimentava conflitos e lutava pela sobrevivência, mas que para os indígenas, qualquer vida tinha a mesma importância do que a vida do indígena, pois a humildade do índio vinha do lodo e do coaxar dos sapos, da terra molhada que pisavam, como o humos é terra viva aos pés sempre descalços que criam raízes na alma.

Thaynara, como vento melancólico, chorou pelos europeus que aqui descobriram a pedra brilhante, o ouro que virou dinheiro, e por esta moeda chegou ao Brasil o espírito da destruição. E por esta moeda, destruíram as matas, provocaram genocídios, suicidaram povos, expulsara-nos da terra, destruíram o seu deus, irmão de Jesus, e impuseram um deus em nome de Jesus, aquele deus que não era o de Jesus. Chorou Thaynara quando se lembrou de seus irmãos negros, dos meus irmãos negros, trazidos encarcerados da África por navios lotados de doenças, ratos, fome e humilhações, para satisfazer a fome insaciável por mais dinheiro, um dinheiro sem fim, que se encontrava sugado pelo buraco negro formado no vazio da alma e do fantasma da ganância em nome de um falso deus que atende pelo nome de Mercado, arrancando dos negros os seus Orixás, camuflados nas imagens e santos de pau oco.

Thaynara disse a mim, com sorriso de marfim vivo, que sempre teve branco bom e branco ruim, mesmo sabendo que o espírito da destruição fora trazido pelas caravelas. Exaltou o Marechal Rondon, Darcy Ribeiro, os irmãos Villas-Boas e, na paradeza dos olhos, disse que se não fossem por eles e outros tantos, o seu povo já haveria se dizimado. Disse ela que índio gosta de celulares, de tecnologias, gostam de matemática e de filosofia, mas que amam a natureza, porque seus deuses, os que permitem a vida, são deuses da natureza, e que amar a Deus é amar a Natureza. Falou dos profetas e dos falsos profetas, da sabedoria e da falsa sabedoria, que trocar mercadorias e produtos não é pecado, mas é pecado, pela mercadoria, matar a árvore, o rio, o mar, a chuva, o fogo, a flor, a terra, o fruto e o ar que alimenta e permite que a vida continue enquanto Gaya, a Mãe-Terra, existir em Tupã.

Thaynara ensinou aos seus filhos, com amor de mãe, como amor de onça, a nunca brigarem entre si, sem castigar fisicamente os seus filhos, e que na terra, nas águas, no fogo e no ar, todo o alimento era ofertado por Gaya para viver em comunidade e celebrar a vida. Thaynara chorou pelas florestas destruídas, pelas terras feridas, pelos rios mortos, pela miséria dos irmãos, pela miséria dos homens, e pela miséria da alma, que como um furacão, é a rainha de todas as misérias.

E enfim, o silêncio se fez. Thaynara, mesmo sem nada dizer, me mostrou que o silêncio era companheiro da solidão. Pela primeira vez, não tive medo do silêncio. O eco de Thaynara me trouxe um silêncio mais poderoso do que as palavras. Pelos caminhos do silêncio, escutava os sons da floresta. Pela primeira vez, não me enxerguei só. Incontáveis companhias da floresta compartilhavam em mim a sabedoria ventada pelo silêncio. E deste silêncio, a minha paz e a guerra do mundo. Vi que a paz evaporou-se nos concretos e nos metais soberbos. Do silêncio, só a alma de Thaynara conversava com a minha solidão, esta solidão que suplica pelo enforcamento nas ruas inundadas de gentes solitárias, que falam às paredes e aos surdos de alma para esconderem a solidão que lhes devasta. Em meu silêncio, enxerguei pela primeira vez muitas vozes ajuntadas em diálogo nenhum. Rompi o silêncio ao dizer nada mais. Levantei meus olhos, fitei com ternura a estrela, pela última vez, e me despedi de Thaynara. Baixei os olhos, olhei para o chão, contemplei o inferno e, rompendo o silêncio, chorei por mim, por todos e pela terra devastada.

O PRESÉPIO DO MENINO INVISÍVEL

Aquele meninozinho invisível de nove anos que morava em um lugar invisível, dentre tantos lugares invisíveis e poeirentos deste mundo, ajudou feliz a sua mãe, também invisível – a não ser quando alguém se dispunha a enxergá-la com outros olhos, olhos diferentes de um olhar que fosse a alguém visível –, a montar o presépio, um presépio simples, bem velhinho, que era usado há anos pela mãe, porque família já não tinha, a não ser o filho que sustentava só Deus sabe como, pois não caiu na tentação de vender o próprio corpo, apesar da cobiçada por olhares de posse à beleza morena, de pele lisinha, mesmo que tivesse o sol como inimigo, para lhe garantir sustento. O meninozinho não tinha pai e nem se lembrava dele, a não ser pela última fotografia estampada no jornal, com o rosto coberto por uma folha de jornal e o corpo esticado no beco, foto que a mãe não conseguiu arrancar do menino, que queria pelo menos ter a certeza de que um dia tivera pai. Sabia somente que ele foi morto por bandidos, uma troca justa, diziam, pois bandido também era o seu progenitor; ou talvez, a única profissão que lhe aparecera nas criacionices das ilusões de vencer a vida em seu parco mundo de inoportunidades, ludibriando a fome e a miséria de horizonte.

Ajudou a mãe a colocar as ovelhas, uma delas com o pé quebrado, os reis magos já desbotados, os bois – dos quais um era uma pedra que o meninote encontrou na rua e a achava parecida com um boi –, os anjinhos, Nossa Senhora, José, e depois ajeitou carinhosamente para colocar o Menino Jesus bebê que sorria de braços abertos ao mundo que trancava pessoas e os abraços que quase nunca pôde receber. Olhava o menino para aquele que considerava seu irmãozinho, o Jesus menininho, e seus olhos cintilavam como duas estrelas brilhosas de um céu anoitecido de incontáveis vagalumes numa límpida noite sem lua.

E depois de pronto o presépio, cuja grama era feita de capim seco arrancado da frente da casinha onde moravam, se é que aquele casebre merecesse a alcunha de moradia, o menino, clemente, virou-se para a mãe e disse: "Mamãe. No dia do Natal, eu vou pedir muitas coisas pro meu Jesusinho, e você não pode ouvir, tá?". A mãe concordou, virou o rosto para esconder a lágrima – que tão triste, saía lamentando a vida dos olhos daquela mulher –, e disse de soslaio que o deixaria falar sozinho com seu Jesus Cristinho.

E chegou a noite de Natal, apesar de não parecer. Naquele lugarzinho, nada dava tom de festa. Não tinha ceia – nem mesmo um mexido de arroz com farinha para fingir ceia – nem papai noel, nem peru e nem bebedeiras de vinho. No máximo, uma mistura de álcool que diziam que era cachaça. Não merecia o nome, no máximo pinga, com que os bêbados de todos os dias, com ou sem Natal, comemoravam a sorte de viver em desgraça. Papai noel, este ser sem nexo de roupas pesadas num calor insuportável, era digno das casas de lareira, árvores de Natal com bolinhas cintilantes, coisas que só o dinheiro que nunca tiveram podia comprar.

O meninozinho, que estava dormindo, como sempre assim dormiam, com a mãe naquela casinha que ninguém sabia como ainda estava de pé, acordou, e sorrateiramente se dirigiu à sala de uma casa onde só havia um quarto que servia de cozinha, aquela sala que abrigava as tralhas e as poucas roupas que tinham, e um banheiro sem chuveiro, apenas um cano que dava num riacho ali perto e um esguicho improvisado onde tomavam banho frio, até porque lá nem luz elétrica havia. O menino se aproximou do presépio, pé ante pé, para que a mãe não acordasse, ajoelhou, e com os mesmos olhos cintilantes, fixou os olhos no Menino Jesus e falou sussurrado:

— Irmão Jesus, eu posso te pedir uns presentes?

Na mesma hora, um dos anjos do presépio voou ao seu ouvido e lá cochichou. O meninozinho nem se espantou, como não se espantam os meninos aos seres voantes.

— Você pode falar o que quiser com o Menino Jesus que ele vai te responder. O Menino Jesus só ouve as crianças, porque delas é o Reino do Pai de todos os seres da Terra e de todo o universo.

O meninozinho então falou, no mesmo sussurro que cuidava de não acordar a mãe: – Jesus. Eu queria que as pessoas não fossem más, que os homens de carrão e das casas grandes parassem de querer ganhar muito dinheiro e não deixassem os pobres mais pobrinhos ainda, que os pais dos meus coleguinhas parassem de bater nas mães deles, que a gente não precisasse mais falar a palavra amor, pois se todo mundo gostar do outro, não vai ter outra coisa a não ser amor, e se só tiver amor, pra que falar de amor? Eu queria que todo mundo fosse feliz, e que as pessoas parassem de matar e de roubar. Queria mais palhaços pra gente rir e menos tiros que zunam o céu. Queria pelo menos mais pão e uma comidinha todo dia, e só um tênis bonito. Queria que todo mundo tivesse uma mãe e um pai como você pra todos serem alegres. Eu queria que as guerras acabassem, e que todos pudessem sorrir.

O Menino Jesus, do seu presépio, respondeu:

— Meu irmãozinho. Enquanto houver criança, uma flor vai nascer, o sol e a lua vão brilhar, a esperança vai viver, como viverá a beleza, a luz, a generosidade e o amor que morre e renasce todos os dias como a noite e o dia. Eu sou seu irmão, e vou te acompanhar por toda a sua vida.

O Menino Jesus pediu para o menininho chegar o ouvido perto dele. O menininho dos olhos brilhosos e arregalados chegou feliz o seu ouvido ao irmãozinho Jesus Cristinho, que sussurrou:

— Nunca te esqueça destas palavras: "Quando nasce o menino, nasce a flor, nasce o sol, nasce a vida, nasce a esperança, nasce a beleza, nasce a luz, nasce o amor, nasce e renasce, morre e brota, escurece e clareia, vive e revive. Quando nasce uma menina, nasce a solidariedade, nasce a generosidade, nasce a vontade, nasce o nascimento, no coração dos homens, no coração das mulheres, nasce o menino, nasce a menina, nasce entre plantas, nasce entre animais, nasce uma estrela, e esta estrela guia os homens. Enquanto nascer o menino, como você, meu irmão menino, o homem poderá crer que será feliz."

A mãe, que estava atrás da porta espiando, sem ouvir o Menino Jesus e nem ver o anjo voando, derramou uma lágrima. Sorriu e agradeceu a Deus, a quem tanto maldizia, por ver em seu filho toda a inocência perdida nos cafundós escuros do mundo dos homens.

O GOVERNO DO SOL

Não é só a Terra que tem seus governos. O Sol, o astro-rei, a estrela-do-dia, o centro dos seus planetas e filhotes de planetas, luas, asteroides, cometas e todos os corpos que giram ao seu redor, também tem seu governo. O Sol era governado pelo Presidente e um grupo de conselheiros, o Senado. Este grupo era responsável pelas medidas que deveriam ser adotadas para manter o equilíbrio do Sistema Solar. E por bilhões de anos, mesmo passando por situações críticas, o Sol conseguiu, pelas medidas do Presidente e do Senado, equilibrar o Sistema Solar, a tal ponto que os planetas e as luas mantinham-se em paz em suas inúmeras rotações em volta do Rei da Luz e do Calor. Não havia mais choques significativos e comprometedores dos corpos menores, asteroides, cometas, luas e planetas contra os outros planetas. O Presidente e o Senado do Sol se viam felizes por verem seus planetas e luas tão belas, girando em torno da fornalha descomunal, como num balé. Mercúrio, muito próximo, era o protegido do Sol. Por sua distância pequena, a qualquer variação da energia do Sol poderia se ver engolido pela Estrela Gigante, e por isso o Sol pouco variava em sua energia, se mantendo estável. Assim era com Vênus, o planeta prateado, Marte, o planeta vermelho, Júpiter, o Leão dos Planetas, Saturno, com seus anéis em saia, Urano, o gasoso prata-safira, Netuno, o estranho gigante, e Plutão, o anão, mascote dos planetas.

Mas um planeta preocupava o Presidente e o Senado do Sol: A Terra, o mais bonito dos planetas, a esfera azulada de todas as cores e vidas, de tantas e tantas vidas que era impossível contar quantas, vidas pequenininhas, de uma célula, de muitas, e vidas de todas as formas, formatos, jeitos e trejeitos. Era tanta vida que o Sol se rendia àquele esplendor de magia e encantamento. Orgulhava-se como um pai diante do filho sadio e inteligente. A Terra se tornou o planeta mais importante do Sistema Solar, e o Sol, através do Presidente e do Senado, olhava para a Terra de forma atenta e especial. Sem a Terra, todo o Sistema Solar ficaria vazio e sem sentido.

Apesar de toda a beleza e magia que a Terra apresentava pelas suas incontáveis vidas e suas belíssimas paisagens e matizes, mares, rios, bosques, florestas, montanhas, algo perigoso, porém, acontecia. O homem, a espécie mais evoluída, a mais nova entre as espécies do planeta, voltou-se para si e enxergou a existência no espelho, como Lúcifer, o anjo caído, e se envaideceu, se assoberbou, se apequenou e se encontrava em um processo de autodestruição que colocava em risco toda a vida da Terra, pelo menos as suas vidas e as de muitas e muitas espécies. O presidente e os senadores do Sol, atônitos, observavam o ódio entre os seres da mesma espécie, poucos acumulavam mercadorias e dinheiro, algo estranho, pois, no início primitivo, o dinheiro era usado como referencial de troca daquilo que as espécies produziam para o sustento e proteção, não causando preocupação ao governo do Sol. Mas, com o tempo, esse dinheiro virou mercadoria. O presidente e os senadores observavam com estranheza. Como podia um objeto morto criar vida própria e se tornar mais vivo do que os próprios viventes da espécie? E o pior! O dinheiro, cada vez mais, se concentrava na mão de poucos, e uma grande parte da população humana sofria com a falta de dinheiro, o principal e falso meio de sobrevivência.

O Presidente do Sol, então, convocou os seus conselheiros do Senado e disse: "Precisamos tomar uma atitude! Os humanos estão se apoderando de armas perigosas que eles criaram e podem comprometer a vida na Terra. A ganância machuca o planeta, desequilibra o clima e o ecossistema, toneladas de metais são removidos da crosta para produzir bens que não se justificam. Florestas estão se transformando em desertos, rios sendo envenenados, os peixes morrem e a água se torna imprópria para beber. Matam-se uns aos outros por motivos vis, nações guerreiam por riquezas que a Terra os oferece gratuitamente. O homem está desequilibrando e destruindo o que há de mais belo no mais belo dos planetas. Não vejo outra saída senão destruir a humanidade, nem que para isso algumas espécies sejam sacrificadas. Podemos aumentar a atividade solar provocando altas temperaturas na superfície da Terra, que os levarão à extinção imediata". Um conselheiro apoiou e reforçou: "Concordo, Presidente! Desde que essa espécie apareceu na Terra, exibem comportamentos ilógicos e irracionais. Acham-se mais poderosos que a natureza, destroem seus recursos que lhes permitem a própria sobrevivência, e esquecem que quem lhes provêm a vida, além da água, da terra, do ar que lhe é dado sem qualquer preço, somos nós, o Sol. Matam animais por prazer, exploram, assassinam, devastam, provocam miséria, desigualdade e sofrimento, traem, são preconceituosos, racistas, orgulhosos, luxuriantes, invejosos, gulosos, insaciáveis, maníacos, doentes, egoístas, que mal entendem que só existem porque na Terra há luz e calor e elementos que podem lhes proporcionar a vida. Foi a criatura mais equivocada que inventamos".

E assim, todos os conselheiros diziam, em uníssono, que a vida humana deveria ser extinta. Mas na tela do Grande Salão do Conselho do Sol, uma cena da Terra apareceu. Um velhinho e uma criança caminhavam pela praia. O velhinho, avô da menininha, cantava cantigas do mar, e a criança ria um riso de pura graciosidade. Aquela cena consternou o Conselho. Uma discussão se iniciou. Alguns conselheiros estavam irredutíveis, apesar de tocados com a cena. Argumentaram que era um caso isolado, uma poeira no imenso areal, e que a humanidade não seguiria outro caminho que não fosse o da destruição da vida na Terra e da autodestruição. Outros indicavam que nada deveria ser feito, e que deixassem viver os homens, pois a esperança, gota solitária no oceano das bestialidades humanas, ainda não havia secado. E depois de muito discutirem, chegaram a uma decisão. O presidente, então, ordenou que a produção de partículas magnéticas aumentasse e fossem dirigidas à Terra. Iniciou-se uma grande tempestade magnética através de grandes erupções solares. Bilhões de toneladas de partículas carregadas eletricamente e magneticamente polarizadas foram expelidas pelo Sol e lançadas ao espaço, se deslocando a velocidades impressionantes. Em poucos minutos, a Terra foi bombardeada por uma enorme carga de partículas ionizadas e magnetizadas, e formou-se um enorme ímã que envolveu a Terra. Estas partículas afetaram todo o sistema elétrico da Terra e o mundo ficou sem energia elétrica produzida pelos homens. Todos os circuitos elétricos da Terra receberam uma alta indução de cargas elétricas pela indução da força magnética e, literalmente, torraram. Os motores também queimaram, motores de aviões, automóveis, trens, caminhões e até liquidificadores foram inutilizados. Com a destruição do sistema elétrico da Terra, inclusive as usinas hidroelétricas e termoelétricas, acabou a comunicação por rádio, TV e internet. Em poucos instantes, a Terra ficou sem energia elétrica e sem nenhum meio de telecomunicação, e nem mesmo havia transporte ou máquinas a motores. Os conselheiros e o presidente assistiam ao caos produzido pela tempestade magnética produzida pelo Sol, viram os homens apavorados, os governos aniquilados, as forças policiais e as forças armadas sem ação e destruídas, os celulares deixaram de funcionar, incêndios nas cidades grandes aconteciam em grandes proporções, e rapidamente houve desabastecimento nos supermercados. As lojas eram saqueadas, as pessoas nas estradas caminhavam a pé e sem rumo, e as noites passaram a ser escuras e os céus estrelados.

O Conselho previu muitas mortes, mais da metade da população de todas as classes sociais morreria, mas aquela decisão foi perfeitamente calculada. Depois de assistirem ao espetáculo da tragédia das invenções humanas, o presidente do Sol sentenciou: "Vamos dar esta chance aos humanos. Fizemos com que eles voltassem ao seu período primitivo, e vai demorar décadas para que eles reconstruam todas as invenções que surgiram depois do domínio da eletricidade. Quem sabe eles conversem mais entre si, redescubram a solidariedade, voltem a ler livros e aprendam com a dor e a tragédia? Caso eles não aprendam, daremos a eles um pouco mais de tempestades. Mas foi a melhor solução. Salvamos os mares, os rios e as florestas por um bom tempo".

Os conselheiros e o presidente retornaram seus olhos à tela. A menininha e o avô estavam de volta à praia, e o avô cantarolava outras cantigas do mar, felizes e despreocupados, rindo do nada. Naquela prainha perdida em algum lugar, não havia luz elétrica, era um lugarejo que a civilização ainda não descobrira, e por isso não fora corrompida. Um sorriso brotou em todos os membros do governo do Sol. Naquela praia, a menininha e o avô não tomaram conhecimento da grande hecatombe que destruiu o mundo civilizado.

O DIARISTA

Ele era amigo do dono do bar e se ofereceu para trabalhar como diarista. Normalmente, não aceitava receber pelos serviços prestados (nunca aceitou, e ainda pagava a cachaça que tomava, e que depois, discretamente, o dono do bar colocava o dinheiro – a mais – no bolso dele), o que sempre acontecia depois que o bar fechava, onde ele lavava o chão e colocava as mesas, garrafas, copos, pratos em ordem. Chegava sempre mais cedo e, quando começava o movimento, o seu trabalho era outro. As pessoas que frequentavam o bar gostavam de conversar com ele, e sempre era convidado para sentar-se à mesa de alguém. Ouvia atentamente as histórias de cada um, e depois dava opiniões sobre as angústias e inquietações daquelas pessoas.

Assim foi com um homem, por volta de seus 50 anos, que reclamava das condições do seu emprego. Ele gostava do que fazia, era bom no seu ofício, mas não suportava mais transitar pela BR todos os dias para a Capital, coisa que fazia há mais de 20 anos:

— Eu não aguento mais a BR. Já não tenho 19 anos. Tenho que ir de ônibus todos os dias, a minha coluna sofre, tomo remédios todos os dias para aplacar a dor, mas meu fígado começou a dar sinais de fadiga. Sou funcionário público, dependo do meu emprego para me sustentar e sustentar a minha família, mas do jeito que está, ainda mais com esta estrada, que sempre tem acidentes que atrasam a viagem, acho que vou morrer antes de me aposentar.

— Se você está infeliz com as condições do seu emprego, procure outros meios — retrucou o diarista. — Eu sei que não dá para abrir mão da sua renda, mas procure um médico, diga a ele o que está se passando e, paralelamente, converse com a sua chefia. Exponha seus problemas e peça para que eles lhe facilitem uma remoção para outro órgão aqui em nossa cidade. A única coisa que você não pode fazer é ficar parado, esperando, morrendo de angústia, pois a angústia lhe envenena a saúde muito mais do que os solavancos da estrada que castigam os seus ossos. Vá à luta! Não se entregue, pois se você não tem medo de trabalhar, com certeza você será útil em outro órgão público e fará jus ao seu salário.

O homem pagou a cerveja satisfeito, foi embora com um sorriso no rosto, um sorriso dilacerado pela angústia que há tempos não se via naquele rosto triste. Logo chegou um amigo, já de longa data, e o chamou em um canto. Seus olhos escorreram lágrimas quando desabafou, relatando o seu sofrimento pela doença da sua esposa, que estava com câncer em um estágio relativamente avançado. Talvez vivesse por mais uns três meses, mas ele e os filhos já sofriam pela futura perda da esposa e da mãe. Os olhos do diarista se umedeceram com os dele. Em instantes, uma lágrima rolou do rosto do conselheiro. Enxugou-a, virou-se ao amigo e disse, fitando-o aos olhos:

— Sofro com você. Você é um amigo especial desde a nossa adolescência, mas saibamos nós que a morte é privilégio de todos os seres vivos. Diante da morte calam-se pobres e ricos, poderosos e insignificantes, mulheres e homens, bons e maus, ímpios e justos. Não há tamanho, diferenciação, comparação ou medida... Tudo se torna plano diante de um inevitável e certeiro encontro... Enquanto a sua amada tiver vida e o pulso pulsar, vivam em alegria com ela, pois a vida é milagre enquanto dura. Somos passageiros do tempo. Junte-se aos seus filhos e parentes com ela, trate-a com naturalidade e viva o presente. Nem você sabe se viverá mais ou menos que ela. Você conhece o futuro? Pode prevê-lo? Você pode planejar a sua vida, e deve. Mas o destino não tem direção. O que está escrito está oculto a nós. Viva o amor verdadeiro, sem disfarces e coitadismo. Eu perdi o meu filho com dois anos de idade, e você conhece a minha história. A perda é irreparável, mas prefiro manter as mágicas lembranças em minha alma. Amanhã é um lugar que nunca chega!

Seu amigo saiu mais leve. Nada seria tão simples, mas a vida não é mesmo simples. Entendeu ele que todos estavam na mesma nau de um oceano incerto, e que contemplar o céu, o sol, o vento e as estrelas era o melhor que cada um podia fazer por si e pela essência da vida, o sentido tão perseguido e nunca encontrado. Se não havia sentido, que contemplássemos o belo. Nem bem ele saiu e chegou uma mulher, jovem, por volta dos seus 18 anos. Estava com um semblante amargurado. Sentou-se sozinha, pediu uma caipivodka, e o diarista, quando a viu, com os olhos mergulhados para o nada, perguntou logo se ela estava bem.

— A vida é uma bosta! A gente só se apaixona pelo homem errado. O meu namorado é um galinha, e eu sou apaixonada por ele e não consigo largá-lo.

— A vida é uma bosta? Veja você, linda como é. Belos olhos, bela boca, um corpo de fazer inveja, inteligente, talentosa. Sabe o que falta em você? Amor próprio! Você não gosta do seu namorado. Você quer é tê-lo como objeto, como um bibelô para que possa desfilar com ele frente às suas amigas. Ele não te pertence e nem você pertence a ele. E se ele não te pertence, deixe-o ir. A sua maior vingança será o desprezo e o esquecimento! Ame-se para amar o outro! E depois, perdoe-o. O perdão... O perdão é a força mais contraditória da existência, pois quem merece o perdão é justamente aquele que não merece o perdão. O perdão não é justiça. Justiça é olho por olho, aqui se faz, aqui se paga, crime e cadeia. O perdão é a vingança mais forte contra o seu torturador, pois transforma o arder em ardor, martírio em louvor, um amargo sabor. Transforma a derrota em vitória, perda em ganho, prejuízo em lucro.

A menina tomou a caipivodka, arriscou-se a cantar com o violeiro que se apresentava no bar, arrancou aplausos e foi embora feliz. Antes de ir, deu um beijo no rosto do diarista e disse: "você é meu anjo. Eu te amo, do jeito que eu me amo". O diarista sorriu discretamente, esperou o último freguês sair do bar, empunhou o pano e o rodo e, enquanto assoviava uma canção de Djavan, pensava: "o gato já nasce sabendo qual a força que usará para pular, e o sapo coacha sem se preocupar se o sol vai brilhar no amanhã. Só os homens sofrem por existir, reconhecendo que a existência é finita e limitada. Se não fosse por isso, não existiriam a magia e a arte".

SAPO SAPEIA

Dois sapos se encontraram num brejo, destes que quase já não existem. Foi uma sorte. Estes sapos, que não tinham nomes, pois sapos não têm nomes – nomes são invenções humanas que deram individualismo à individualidade –, resolveram dar nome aos bois, ou melhor, no caso, a eles, sapos. Um se chamava Sapato e o outro Sapeca, pelo menos acho eu, que precisa de nomes para entender a história. E assim, Sapato e Sapeca, quando se encontraram num musgo do brejo, lamentaram a condição de extinção que ameaçava a espécie anfíbia. Sapato reclamou:

— Outro dia eu achei um livro jogado no rio; estava encharcado e as letras estavam entortando. Resolvi ler e aprendi que os deuses antigos dos homens, lá na Grécia, chamaram Epimeteu para criar os animais e as plantas e Prometeu para criar os homens.

— Sabe que eu também achei um livro desse jeito, Sapato? Estava lá, jogado, na beira da lagoa. Estava escrito que Zeus criou um mundo muito sem graça, e os filhos dos deuses, entediados, pediram a Zeus para fazer alguma coisa para quebrar o tédio. Assim coube a Epimeteu nos criar, com todos os mecanismos de sobrevivência já colocados em nós, e nada deu ao homem. Assim, Prometeu, para compensar este erro, deu aos humanos a condição da astúcia e da capacidade de modificar a natureza para que eles pudessem sobreviver.

— Coitado dos homens, Sapeca. Eles acham isso vantagem. Veja só! Uma tartaruguinha, quando nasce e vem uma onda, ela já sai nadando. Ela é tartaruga desde quando nasce. Já o bebê humano, se vier uma onda, será somente um bebê afogado. O homem precisa de máquinas para se tornar homem, e cada vez que inventa mais máquinas, menos homens se tornam. Estão sendo escravizados pela máquina e não percebem.

— Coitados nada! Eles deram valores para aquilo que não tem valor para nós. Não precisamos edificar nada, não precisamos criar abatedouros para nos alimentarmos, não precisamos plantar nem construir mercados para trocar pela nossa sobrevivência, e o principal: não nos necessitou criar o dinheiro para trocar as coisas, e que os homens acabaram por fazer do dinheiro uma mercadoria. O dinheiro era para ser somente instrumento de troca, mas ele, o fazedor de máquinas e feito por máquinas, escravizou a mente do homem, transformando-se no maior objeto de cobiça desta espécie.

E eis que, durante aquela conversa, um pernilongo passa por eles. Sapeca, mais que depressa, lança a sua língua certeira diante daquele inseto e o traz para o seu sistema digestor. Lambe os beiços, sob o olhar atento de Sapato, que refletiu:

— Como os homens são ingratos com a gente. Eles destroem os brejos, acabam com as aranhas, derrubam árvores e espantam os morcegos, e aí depois precisam comprar venenos para matar os pernilongos que lhes incomodam todas as noites, e nem percebem que aqueles venenos deixam os pernilongos ainda mais fortes, enquanto que os humanos vão ficando cada vez mais vulneráveis diante destas substâncias que eles mesmos fabricam. Veja como eles não percebem que as máquinas os levam ao tal do inferno que a mente deles criaram. E por terem criado na mente, transformaram as suas vidas em um verdadeiro inferno.

Sapeca dá uma risada e diz: — Os pernilongos são os nossos vingadores. Um dia, poderemos deixar de existir na Terra, mas os homens vão deixar de existir por conta deles mesmos. Será um mundo de pernilongos, pois os pernilongos vão sugar o sangue humano e desnortear os seus sonos, uma insônia mundial, até que eles se rendam.

— E não adianta nem atacarem os pernilongos com bombas atômicas, pois as baratas sobreviverão. Se não for um mundo dominado por pernilongos, será um mundo dominado pelas baratas, e mesmo que não sejamos expectadores deste dia, estaremos vingados. Mas antes disso, as máquinas que os homens criaram vão dominá-los. Antes de se extinguirem, serão completamente escravizados pelas suas máquinas.

E enquanto os sapos conversavam, eis que se aproxima um burro que pastava por perto, e depois de uma deliciosa relinchada, entra na conversa e emenda: — E nós é que somos burros. Se eu não fosse burro, eu teria o maior prazer de chamar os homens de burros – e relincha gargalhando outra vez, uma relinchada de respeito.

Logo chega o vento, que, sutil, assovia a mente destes seres: — Deixem que o relâmpago relampeie, que os sapos sapeiem, que os gatos gateiem, as raposas raposeiem, os pássaros passareiem, os mares mareiem, as flores floreiem, que as vacas vaqueiem e as amebas amebeiem. Sem nós, não as máquinas, mas sem nós, e eles ainda não sabem, a humanidade se desumanizará e se destruirá.

TODAS(O) IGUAIS

Saí de casa! Era um domingo quente, e o povo estava nas ruas. Parei na praça e encontrei duas amigas, Andreia e Paula, que estavam de bobeira. Fui até elas, e no meio da conversa, propus às duas que déssemos uma volta de carro pela cidade. Elas toparam! Andreia foi à frente e Paula lá atrás. Paula logo viu uma garrafa de Big Apple – um rum Bacardi com sabor de maçã – escondida debaixo da minha poltrona. Ela logo pegou a garrafa e começou a beber, ali, no bico mesmo. Paula é uma mulher muito branca, e a cada golada que dava, ficava mais vermelha.

A cidade oferecia muitos pontos de aglomeração de pessoas naquela noitinha de domingo, e um desses pontos era o parque de diversões, que estava cheio. Carrinhos de pipoca e sanduíche inundavam a frente do parque, e Paula, já meio encharcada pelo licor e rubra como uma perua, quando viu aquele monte de gente, abriu a janela de trás e começou a mexer com as pessoas, gritando com a sua voz rouca:

— E aí, piriguete! Bundinha empinadinha, heim? Tá coçando heim — dirigindo-se a três meninas que estavam com shortinhos muito curtos e tops apertadinhos e cavados.

— Ô doidão! Cê num sabe pilotar não. Cuidado pra não cair — mexia Paula com o motoqueiro, que arrancava sua moto que estava perto do parque, e olhava em vão para onde saíra aquela voz rouca e feminina.

Ao andarmos uns trinta metros no carro, ladeando o passeio da avenida cheia de pessoas, motos e carros, e que se fazia chegar ao parque, Paula avistou um casal, e sem pestanejar, lascou:

— Ô chifruda! Seu namorado tá te pondo gaia. Sua chifrudona — gritou Paula, roucamente alto.

Pelo retrovisor, percebi que o casal, na mesma hora, desatou as mãos, e me pareceu que uma briga surgira ali, imediatamente, após aquele grito anônimo.

...

Segunda à noite, depois daquele domingo relaxado, a campainha da minha porta tocou. Era o meu amigo Carlos. Enquanto eu fazia meus trabalhos no computador, ele me contava uma história interessante:

— Ontem eu tava com Cida perto do parque, passeando de mãos dadas, quando passou um pessoal num carro parecido com o seu, e uma muié, de dentro do carro, gritou e chamou Cida de chifruda. Olha só cara! E o pior é que Cida, na mesma hora, empurrou minha mão e começou a quebrar o pau comigo. Perguntou o que era aquilo, por que aquela mulher tava chamando ela de chifruda, e logo em seguida disse, furiosa: o que tá acontecendo? Tô de olho nocê tem muito tempo, Carlos! Cê num me engana não! Esse jeito bonzinho seu, todo romântico, sempre fazendo poesia e me dando flores... É, seu Carlos! Tem treta aí!

Na mesma hora saquei a história. Eu não reconheci o meu amigo no momento porque eu estava atento ao trânsito, e enquanto Paula zoava as pessoas, eu só gargalhava, mas não olhava para quem ela estava se dirigindo. Porém, resolvi ficar calado, não revelar a verdadeira história ao meu amigo e dar-lhe corda. Ele continuou, lamentando:

— Foda, né! Eu tô apaixonado pela Cida, nunca a traí, e uma mulher que nem sei quem é, passando na rua de carro, grita de dentro e chama ela de chifruda. Tomamos um susto! E depois disso, azedou tudo! Difícil demais ter a fama sem deitar na cama! E o pior é que ela quebrou o pau comigo! Saiu pisando duro, e eu atrás dela. Ela acelerava os passos, e eu atrás, pedindo pra gente parar e conversar. E Cida falava gritado: vai encontrar com aquela tal de Andreia! Com suas vagabundas! Cê gosta é de fazer coleção de mulher com essa conversa mole sua!

Quando ele comentou sobre Andreia, tomei um susto. E pelos dados que Carlos forneceu, conclui que a tal Andreia era a mesma que estava comigo no domingo, e ocupava a poltrona dianteira de passageiros do meu carro. E eu, de olho em Andreia, doido pra ficar com ela, pelo menos uma vez, mas ela sempre jogava duro. Pensei: "as mulheres são todas iguais". Coloquei Carlos contra a parede, e ele abriu o jogo:

— É! Eu andei dando umas saídas com Andreia mesmo. Mas ninguém tá sabendo disso. É uma coisa só nossa, muito discreta.

Imediatamente, sem eu revelar a dona daquela voz que deu origem a todo aquele arranca-toco, questionei: — Tem certeza? Cê acha que Andreia não contou pra ninguém? Não tem mulher que não conta as suas aventuras para a outra não, camarada. Senão, não teria graça! Pra que ficar com um cara se não espalhar pras amigas? Qual é a graça da mulher? A mulher é competitiva pela própria natureza e adora se exibir para as outras mulheres. Até as minhas amigas, que nunca me deram nem um beijo na boca, ficam com ciúmes quando eu falo de outra mulher pra elas. Se você quer se dar bem com as mulheres, você precisa entendê-las, e não é fácil entender mulher não, falô?

— O problema é que Cida não quer papo comigo. Telefonei o dia inteiro pra ela e o celular só dava fora de área. Eu tô desorientado, sem saber o que fazer, em profunda lamentação.

— Me diga uma coisa. Desculpa perguntar, sei que tô sendo indiscreto, mas cê sabe se a menstruação de Cida está por vir?

Carlos calculou nos dedos: — Acho que deve tá chegando. Pelas minhas contas aqui, daqui a uns três a quatro dias.

— Pronto! Matou a charada. Esquenta não, camarada. Daqui a dois dias ela vai ficar toda murchinha, querendo seu colo. É a tal da TPM, que deixa elas descontroladas.

— Cara! Mas vou te contar. Eu tô a fim mesmo é de ficar com aquela tal de Paula. Adoro uma branquinha, e aquela voz rouca então... Me deixa doido! Huuuum!

"As mulheres têm razão! Os homens são todos iguais...".

A MULHER DO SONHO

Nunca consegui entender as mulheres, mas trago em mim a obsessão de compreendê-las. Uma paixão imensa guardou em mim esta obsessão. Paixão é água-viva, queima a carne, acende a alma. Paixão é vida além do corpo. Tremula o corpo. Paixão é sangue, sangue que circula... Sangue que esquenta, inebria, entorpece. Falta ar, faltam palavras, falta cor. Paixão desnorteia, sacode, implode. A paixão é vermelha, ferve, nocauteia! Dá choque, incinera, disfarça, desfalece... Paixão são lágrimas, cachoeiras, ventania! Nada descreve a paixão... Nada impede a paixão! À paixão, vive-se os nacos da vida verdadeira. Na paixão, explode a vida como ela é!

Por carregar esta cega paixão, mesmo que eu me dedicasse a entendê-las, não conseguia compreendê-las. Não havia equação. Aos homens, mulheres sempre serão misteriosas. Ora doces, ora azedas, ora murchas, ora floridas, pois são assim: Mulheres são filhas da Lua, e quando brilham cheias vêm parir outras luas, outros sóis, semeiam constelações. Mulheres que mataram por seus filhos, que morreram por seus filhos, que viveram por seus filhos, que odiaram por seus filhos, e que amaram por todos os filhos de todas as mulheres com filhos e sem filhos. Ajoelham-se aos homens, e aos homens acorrentam.

Mulheres que um dia – tantos séculos, queimaram-nas nas fogueiras, oraram em febre, arderam em paixões, lutaram como homens, traíram seus amores, se venderam pelo pão, saciaram o glutão. São traídas, frágeis, destemidas, inocentes, indecentes, ansiosas, pacientes.

Mulheres são comparsas da Lua, que minguam em si. Mesmo belas, se acham feias, bruxas de verrugas no nariz. Tristes na festa de carnaval, pálidas coloridas, amadas mal-amadas. Fantasiam-se de invisíveis, iludindo-se na crença de que ninguém as vê num claustro de si mesmas, escolhendo-se não existir. Enxergam-se sapo frente a um príncipe que sempre será sapo.

Aos homens, mulheres sempre serão fascinantes, Serão rainhas, fadas, princesas, sedutoras, eróticas, sensuais, companheiras, cúmplices... mas também algozes, inimigas, ardilosas, carrascas, intolerantes, cerebrais, singelas, puras... Aos homens, mulheres é mulher em duas, múltiplas... Ou nenhuma, e todas, e uma, e várias – perdoam e vingam, apiedam-se e torturam, acolhem e expulsam, se humilham e pisoteiam.

Mulheres são divinas marias, madalenas pecadoras. Mulheres são mães de homens fracos, pais de homens fortes, de burca ou nua, mulheres são belas como anjos... E perigosas como demônios. Dentro delas, guerra e paz coexistindo entre o bem e o mal. Santas e insanas, virgens e impuras, prostitutas puras, virtuosas impuras, dementes, clementes.

Mulheres são gêmeas da Lua, germinando infindas do vazio lunar. Obscuras, se preparam para renascer e morrer ao mesmo tempo. Pois só as mulheres sabem reproduzir em si a vida e a morte. Lua velha e lua nova, morre mulher e nasce mulher. A mesma mulher em outra mulher, felina e borboleta.

Mulheres são alimento da Lua, e que à Lua se faz crescer. Dominadas pelos idos, crescente se magestam e se apossam do futuro. Amplificam-se, se agigantam, cozinham-nas, se lavam, nos passam. Mandam e obedecem. Rastejam e nos arrastam. Reinam e se escravizam, empobrecem-se e enriquecem-nos. Mulheres são homens afálicos, e o amor é sempre sem razão. Pois a razão é um simples átomo no universo da mulher.

Como noite de luar, enxerguei mulheres com clareza, com muita clareza, com tanta clareza, que um dia, depois de um sono resultante da fadiga da rotina, sonhei diferente. Sonhei que era uma mulher, e que vivi mulher. Estava na beira de uma praia, sozinho, sem ninguém por perto. Éramos o céu, as gaivotas, o vento e eu. Uma brisa mágica soprou velada e calada por meus cabelos e me ventou um hipnótico e intenso perfume de mulher. Aquele perfume inebriou e balançou a minha alma animal, aquele perfume misterioso que me fez enxergar pelos olhos de uma mulher.

E pelos olhos daquela mulher, enxerguei cores que nem imaginava existir. Pelo olhar daquela mulher, enxerguei radiante o sorriso do mundo. Pelos olhos daquela mulher, enxerguei a energia do inimaginável amor. Pelos cabelos daquela mulher, enxerguei a força da mãe maior que a força de Sansão. E pelos olhos da mulher, senti o calor da paixão em minhas vísceras. Pelos olhos da mulher, senti os dias de choro, angústia e solidão. Pelos olhos da mulher, senti a mais bela mulher que não há em mim. Pelos olhos da mulher, senti a maciez da tua boca na praia do meu ser.

E por um momento, o meu coração disparou diante da beleza daquela mulher. A mulher que me apareceu na brisa da tarde de um domingo azul. Ou dos ventos revoltos de um sábado de cinzentas nuvens sem direção. Essa, a mulher que vinha a mim como calmaria, tempestade e viração. A cor morena enfeitiçava os meus olhos girando o sol feito um girassol. E dos meus olhos, uma tigresa morena, uma felina sedenta a me espreitar. A tua cor morena cheirava em meus olhos o sabor da tua pele. E dos meus olhos, uma fada encantada, flor do campo que enfeitiçou o meu ser.

Assim veio a mim, os olhos dela, secreta mulher que baila em meu ser. Tão secreta, que a escondo no porão dos meus pensamentos secretos. O vento que soprou teus olhos, misteriosa mulher de cheiro moreno, resgatou em mim o amor certeiro e faceiro de uma harmoniosa canção...

O vento cessou e eu acordei. Onde estaria aquela mulher, que se apossou de mim e me fez sentir o seu ventre como se fosse meu? Eu só procurava algo... A resposta! A verdade estava escancarada, mas ela sempre me fugira. Senti-me um eterno caçador da resposta que se cala. A verdade está em nós, mas o mergulho é sempre profundo. E nem sempre teremos fôlego para mergulhar tão profundo. A resposta e a verdade, onde estão? Quem pode dizer? Quem detém a chave do cofre? Cofre escondido onde se encontra a verdade. Pois, se encontrarmos a verdade, encontraremos a resposta. A resposta sobre a pergunta: o que é a verdade?

Você saberá me responder? Quem poderá responder? Onde está a verdade? Esta é a resposta que procuro. Onde?... Neste seu caderno, onde ainda estão os versos meus. Não sei se as mulheres se angustiam por não sentir o que é ser um homem, mas sei que a verdade das minhas angústias ainda está neste seu caderno onde estão os versos meus...

"Minha rosa vermelha... Que corre vermelha em minhas veias, que faz meu coração acelerar rosa, uma rosa, um bilhete, mil rosas, a você, mulher vermelha, que pulsa vermelha em meu coração rosa. E assim, quero sussurrar poemas rosas, até te sentir vermelha, molhadamente vermelha, poeticamente rosa, vermelhamente mulher fêmea. Felina fêmea, botão de rosa vermelha. Tapetes vermelhos salpicados em pétalas rosas são para os seus passos felinos de pegadas vermelhas, de aroma cor de rosa de uma mulher que cheira rosa vermelha. O cheiro de pêssego do teu sabonete amarelo pêssego em tua pele escorrendo, deslizando... Ressaltando o vermelho dos teus lábios, vermelho morango das relvas verdes quando abristes os braços, deixando a brisa envolver-te, a soprar de leve a tua saia... Brisa que entrelaça tuas pernas, inebriando, com o cheiro de pêssego do teu sabonete, a minha rosa vermelha."

O sonho sonhado em vestes de mulher me trouxe a tua pele, e o teu cheiro tatuado em mim só me trouxe mais dúvidas... Senti-te em mim, mas jamais serei você, que um dia cismou que se transformaria em pássaro, e pelos céus do universo voa sem fim, deixando um rastro de perfume que um dia me abateu, e que me fez querer ser você. Conto cada batida do meu coração, que acelera cada vez que me invade, despudorada, as lembranças do seu cheiro...

editoraletramento
editoraletramento.com.br
editoraletramento
company/grupoeditorialletramento
grupoletramento
contato@editoraletramento.com.br
editoraletramento

editoracasadodireito.com.br
casadodireitoed
casadodireito
casadodireito@editoraletramento.com.br